R & L

Karin Hartig

Die vegetarische Weihnachtsgans

Eine Geschichte

Rütten & Loening
Berlin

ISBN 3-352-00567-2

2. Auflage 2001

Einbandgestaltung Andreas Petzold, PEIX

Druck und Binden Clausen & Bosse, Leck

Printed in Germany

www.ruetten-und-loening.de

1

Der Satz, der Juliane Gerbers Leben nachhaltig veränderte, fiel an einem Donnerstag im November, genauer gesagt in der letzten Stunde dieses Tages. Nach einer sehr ausgiebigen Martinsfeier war Ehemann Bruno wieder in seinen eigenen vier Reihenhauswänden eingetroffen; mit kleinen Abstrichen darf sein Zustand als »insgesamt wohlbehalten« bezeichnet werden. Er legte seinen Mantel sorgfältig neben die Garderobe, drückte das Kreuz durch und betrat das Wohnzimmer, wo Juliane auf dem Sofa hockte und einen Fernseh-Thriller verfolgte. Bukowski, der phlegmatische Familienhund, hatte sich auf ihren Füßen ausgebreitet und strahlte unbeirrbare Ruhe aus.

Und dann fiel er, der Satz.

»Julchen«, sprach Bruno mit schwerer Zunge, »ich habe den ersten Preis gewonnen!« An dieser Stelle schien es ihm angebracht, Halt an der Türfüllung zu suchen.

»Meinen Glückwunsch«, erwiderte Julchen ohne rechte Begeisterung, »allerdings scheint mir, du hast deinen Preis schon ausgetrunken.« Hinsichtlich der jährlichen Martinsfeier war Juliane völlig abgeklärt, Überraschungen konnte es keine mehr geben.

»Eine Gans«, präzisierte Bruno, »der erste Preis war eine Weihnachtsgans, etwas zu essen also.«

»Das ist aber schön, Liebling. Gute Nacht«, sagte Juliane so milde, als hätte ihre sechsjährige Tochter Gina ihr ein selbstgemaltes Bild gezeigt. Sie schenkte ihrem Mann noch ein Lächeln und widmete ihre ganze Aufmerksamkeit dann wieder dem Fernseher, wo die Auflösung der mörderischen Intrige kurz bevorstand.

»Eine große dicke Gans«, bekräftigte Bruno, schon im Abmarsch Richtung Bett begriffen, »für Weihnachten!«

Beim Frühstück am anderen Tag erfuhren auch Gina und der dreizehnjährige Tim von der glücklichen Hand, die ihr Vater bei der gestrigen Tombola bewiesen hatte. Man beglückwünschte ihn jedoch eher pflichtschuldig. Was war schon ein Weihnachtsbraten? Vor allem Tim brachte nur wenig Begeisterung auf. Der dritte Preis, eine kabellose Computermaus, wäre ihm bedeutend lieber gewesen.

»Der Hauptpreis ist für uns vier viel wertvoller«, widersprach Juliane, eine Aussage, die Bruno sogleich bestätigte.

Computermäuse taugten nicht als Festtagsbraten,

meinte er, im übrigen werde die Gans Anfang Dezember geliefert, direkt vom Bauern. Dann entschwand er ein wenig verstimmt ins Büro, während Juliane den Kindern Pausenbrote schmierte und dabei über eine würdige Zubereitung des Bratens nachdachte. Die Buchhandlung, in der sie halbtags arbeitete, machte während der Vorweihnachtszeit, die ja bekanntlich bereits Ende August begann, mit dem Verkauf von Kochbüchern ein gutes Geschäft, und erst vor wenigen Tagen hatte ein Rezept in einem der aufwendig fotografierten Bände ihre Aufmerksamkeit geweckt. Dort wurde empfohlen, die Gans erst zu dünsten, bevor sie, mit Äpfeln und Sultaninen gefüllt, in die Bratröhre wanderte; auf diese Weise werde das Fleisch besonders zart. Ein Versprechen, das Juliane als verlockend empfand, war doch die letztjährige Weihnachtsgans ausgesprochen zäh ausgefallen. Nun, ob gedünstet oder nicht – auf jeden Fall mußte vor Lieferung des Geflügels Platz in der Tiefkühltruhe geschaffen werden.

Drei Wochen lang dachte niemand mehr an den wunderbaren Hauptgewinn. Die Kinder gingen zur Schule, wie immer, Bruno arbeitete Aktenberge ab, wie immer, und Juliane verkaufte Kochbücher und Belletristik, wie immer. Als es dann am Nachmittag des ersten Dezembersamstags schellte, war es die kleine Gina, die unverzüglich aufsprang. Sie war die einzige im Haus, die das Klingelgeräusch als freudiges Ereignis begriff und sofort zur Tür lief. Tim war meist zu versunken, Juliane zu beschäftigt und Bruno zu desinteressiert, um zu öffnen. Und Bukowski war schlichtweg zu faul. Wozu bellen, wozu aufstehen? Wer an dieser Haustür klingelte, kam grundsätzlich in freundlicher Absicht.

»Papa«, vermeldete das Kind mit hohem Stimmchen, »da ist ein Mann draußen, der will dich sprechen.«

Bruno nahm äußerst unwillig seinen Kopfhörer ab. Beim Musikhören ließ er sich nicht gerne stören. »Und wer ist der Mann? Was will er?«

»Das weiß ich nicht. Aber er hat ein ganz großes Paket für dich!«

»Juliane, hast du vielleicht etwas bestellt?« erkundigte er sich.

Nein, das hatte sie nicht. Achselzuckend ergriff Bruno also die dargebotene Hand seiner Tochter und ließ sich zur Haustür ziehen, wo ein junger Mann wartete, zu seinen Füßen ein großer, fest verschlossener Pappkarton. Er sei der Sohn vom Bauern und bringe die gewonnene Gans, erklärte er höflich und fügte noch hinzu, er wünsche frohe Festtage und einen gesegneten Appetit.

»Wollen wir hoffen, daß dieser Vogel nicht so tranig ist wie die polnische Fluggans von vergangenem Jahr«, meinte Bruno, während er dem jungen Mann ein

Trinkgeld in die Hand drückte. Ein ordentliches Gewicht habe der Karton, lobte er auf dem Weg in die Küche, mindestens fünf Kilo, wenn nicht mehr. »Da hat sich der Chef aber nicht lumpen lassen. So eine anständige Gans kostet bestimmt achtzig Mark. Bukowski, hör auf zu knurren! Das ist *unser* Weihnachtsbraten, nicht deiner.«

Der Hund spitzte für einen Moment die Ohren, hörte aber keineswegs auf zu knurren. Nervös sog er die Luft ein, strich mit gesträubtem Nackenfell an dem Karton entlang, einmal, zweimal, bevor er schließlich ohrenbetäubend zu bellen begann.

»Bukowski, aus!« schimpfte Juliane. »Bist du sofort still!« Sie nahm den Hund am Halsband, schob ihn hinaus in den Flur und schloß die Küchentür ab; ein unabdingbarer Handgriff, da er sonst mit der Pfote die Klinke heruntergedrückt hätte und seelenruhig wieder zurück in die Küche spaziert wäre. Es gab noch ein paar andere Kunststücke, die der Hund beherrschte, von denen das gezielte Umstoßen noch nicht ganz geleerter Bierflaschen seine Lieblingsnummer darstellte, der er im übrigen auch seinen Namen verdankte: Einen Wischlappen benötigte man allerdings hinterher nicht – Bukowski besaß schließlich eine Zunge.

»Was ist bloß in ihn gefahren?« Juliane schüttelte den Kopf und öffnete den Deckel der Tiefkühltruhe, während der ausgesperrte Hund noch heftiger losbellte und Bruno sich daran machte, den Strick um den Karton zu lösen.

Dann geschahen binnen kürzester Zeit drei recht unterschiedliche Dinge: Erstens, Bruno sagte voller Verblüffung: »Das darf ja wohl nicht wahr sein!«, zweitens, er steckte die Hand in den Karton, und drittens, er zuckte mit einem wilden Aufschrei zurück. »Juliane, das Biest hat mich gebissen, nimm schnell das Kind weg!«

Auf Julianes Stirn machten sich ein paar Sorgenfalten breit. Im Umgang mit ihrem Mann war sie allerhand gewöhnt, doch schien er in der letzten Zeit ein wenig überarbeitet zu sein. »Liebster, wir sind alle urlaubsreif«, sagte sie milde, »aber glaub mir, tiefgefrorene Gänse beißen nicht.«

»Nun nimm doch das Kind endlich weg«, wiederholte Bruno und klappte hastig den Karton wieder zu, »also, das ist ja –«. Er rang heftig nach Atem.

Folgsam schob Juliane die Kleine zur Seite und bewegte sich vorsichtig auf den Karton zu. Trotz des bellenden und unablässig gegen die Türklinke springenden Hundes war in der Küche plötzlich ein lautes Zischen zu vernehmen. Der Karton öffnete sich abrupt, und ein langer weißer Hals mit einem kleinen Kopf bahnte sich den Weg ins Freie. Juliane erstarrte mitten in der Bewegung. Die Gans drückte beide Flügel hoch und stellte sich auf die Beine. Allmählich bekam es die kleine Gina mit der Angst zu tun. Jammernd flüchtete sie auf den Küchentisch, während ihre Eltern noch immer auf der Stelle verharrten und dem Inhalt des Kartons in die blauen Augen starrten. Gleichzeitig nahm das scharfe Zischen an Lautstärke zu.

»Um Himmels willen«, sagte Bruno einigermaßen nervös, »Juliane, was machen wir jetzt? Je länger ich darüber nachdenke, desto lebendiger erscheint mir diese Gans.«

Juliane war bleich geworden. »Pack das Vieh ganz schnell wieder ein und bringe es dem Bauern zurück, ja?«

»Und wie soll ich das deiner Meinung nach anstellen?« erwiderte Bruno. Zögernd streckte er den Arm aus, um die Gans am Hals zu ergreifen. Ein gellender Trompetenton erklang, dann schnellte der Gänseschnabel nach vorn und zwickte Bruno zum zweitenmal in den Arm.

Bruno fluchte, Gina jammerte, die Gans zischte und trompete, Bukowski bellte in höchster Angriffslust – kurz gesagt, es herrschte heillose Verwirrung, und mitten in dem Spektakel breitete die Gans ihre Schwingen aus, flog auf und landete schließlich auf dem Küchenfußboden. Offenbar schien sie der Ansicht, daß Bruno Gerber ein ernst zu nehmender Widersacher sei. Mit zornig bebendem Bürzel watschelte sie zielstrebig auf ihn zu und biß ihn in die Wade.

»So, das reicht mir jetzt«, sagte Juliane und kletterte zu ihrer Tochter auf den Küchentisch. »Bruno, schaffe mir dieses Untier vom Hals!«

»Und wie?«

»Woher soll ich das wissen? Es ist deine Gans, nicht meine. Übrigens – sie nimmt wieder Kurs auf deine Beine.«

Ein Sprung, dann waren sie zu dritt auf dem Küchentisch versammelt. Gina drückte sich eng an ihre Mutter. »Warum beißt die Gans, Mama? Ich hab' Angst!«

»Kind«, sagte Bruno und warf einen verstohlenen Blick auf seine Frau, »ich glaube, wir haben es hier nicht mit einer Gans, sondern mit einem ziemlich wütenden Gänserich zu tun. Gänsemänner können ganz schön aggressiv sein.«

»Dieses Ungeheuer hier nicht mehr lange«, murmelte Juliane doppeldeutig, »mir scheint, als paßte er ganz genau auf eins meiner Backbleche. Ich schlage vor, wir jagen ihn zunächst in den Garten, dann sind wir in Sicherheit und können weitersehen. Das Vieh ist nicht stubenrein und hat eine ziemlich nervöse Verdauung.«

Bruno warf einen abschätzenden Blick auf den flügelschlagenden Gänserich. Also gut, dann würde er unter Einsatz seines Lebens nacheinander Küchen-,

Wohnzimmer- und Gartentür öffnen, Bukowski daran hindern, den unbekannten Gast zu zerfleischen, und das Untier irgendwie in den Garten dirigieren. Er sah seiner Frau tief in die Augen. »Versorgst du nachher meine Blessuren? Und wirst du mich weiterhin lieben, auch wenn er gleich meine Waden durchlöchert wie einen Schweizer Käse?« Mittlerweile schien er der Angelegenheit eine gewisse komische Note abzugewinnen, was Juliane kaum wunderte.

Als Jugendlicher habe er seine Sommerferien regelmäßig auf einem Bauernhof verbracht, vertraute er ihr noch an, bevor er seine Beine todesmutig auf den Boden schwang. Grundsätzlich kenne er sich also mit Gänsen aus. Dann wurde es still in der Küche. Lediglich Bukowski tobte noch immer seine gesamte Wut im Hausflur aus.

»Jetzt!« sagte Bruno entschlossen, machte drei schnelle Schritte zur Tür und drehte den Schlüssel um. Augenblicklich flog die Tür auf und der Hund in die Küche. Unter lautem Bellen umkreiste er den zischenden Gänserich, der ihn augenblicklich in die Lefzen zwickte. Während Bukowski jaulend unter dem Küchentisch Deckung suchte, reckte der Ganter erneut den Hals in die Waagerechte, gab einen weiteren gellenden Schrei von sich und watschelte dann voller Verachtung in den Flur. Bruno war mittlerweile im

Wohnzimmer angelangt und hatte die Tür zum Garten geöffnet.

»Putputput«, rief er aufmunternd, »komm her, lieber Gänsemann! Nein, nicht ins Gästeklo. Komm schon, du dumme Gans. Nur noch ein paar Schritte, dann hast du es geschafft. Weg vom Sofa, wenn ich bitten darf! Jaaa, sehr schön.«

Plötzlich knallte es. Mit aller Macht hatte Bruno die Terrassentür zugeworfen. »Gina, Juliane, ihr könnt euch gefahrlos ins Wohnzimmer wagen, der Wadenbeißer ist draußen!« Aufatmend ließ er sich auf das Sofa fallen.

Gefolgt von Bukowski huschte die kleine Gina ans Fenster und betrachtete die Gans, die offenbar etwas verunsichert in dem Gärtchen stand und sich nicht mehr rührte. »Wenn er nicht beißt, ist er richtig süß«, teilte sie ihren Eltern mit, »darf ich ihn gleich füttern?«

»Nichts da«, wehrte Juliane ab, »die Gans geht noch heute dahin zurück, wo sie hergekommen ist.«

Bukowski knurrte Zustimmung. Mit nachdenklichen Blicken rollte Bruno seine Hosenbeine hoch und stellte fest, daß er von den Gänsebissen schwer gezeichnet war. »Das wird etliche blaue Flecken geben! Aber einem geschenkten Gaul schaut man bekanntlich nicht in den Schnabel. Kannst du dich an den Namen des Bauern erinnern, Juliane? Dann rufe ich gleich an und lasse das Biest wieder abholen.«

Nein, das könne sie nicht, sagte Juliane, sie habe den Gänseboten ja nicht einmal zu Gesicht bekommen.

»Hm«, erwiderte Bruno und verfiel für ein paar Minuten ins Grübeln, bis ihm der rettende Gedanke kam, am Montag bei seinem Chef in Erfahrung zu bringen, von welchem Bauernhof die Gans stamme. So lange müsse man sie wohl im Garten dulden. Als habe der Gänserich verstanden, daß man ihm nur wenig Wohlwollen entgegenbrachte, öffnete er seinen Schnabel und stieß wieder eine Fanfare gellender Schreie aus, bevor er flügelschlagend den Garten durchquerte.

»Hoffentlich hört dieser Höllenradau bald auf«, äußerte Bruno besorgt, »Roseboom wird mir aufs Dach steigen! Der beschwert sich ja schon, wenn die Kinder mittags draußen spielen, was wird er dann erst zu dieser kreischenden Gans sagen?«

Im gleichen Moment klingelte das Telefon. Es war tatsächlich Roseboom. Für seine geharnischte Samstagsrede benötigte er lediglich zwei Minuten: Erstens, das sei ja wohl eine Unverschämtheit, zweitens, diese bösartige Kampfgans habe nach ihm geschnappt, drittens, falls Familie Gerber das Untier nicht schnellstens entfernte, würde er eigenhändig für das Ableben desselben sorgen, und viertens, das Ganze sei eine Unverschämtheit.

»Am Montag, Herr Roseboom, vorher geht es leider

nicht!« rief Bruno, legte den Hörer zurück auf die Gabel und warf seiner Frau einen vielsagenden Blick zu.

»Hörte sich nicht gerade an wie Jauchzen und Frohlocken«, sagte Juliane.

Seine Miene verdüsterte sich. »Ach, hätte ich doch bloß die Computermaus gewonnen.«

»Gina, die Terrassentür bleibt heute zu«, warf Juliane ein und strich Bukowski, der vor der Scheibe Männchen machte und den Gänserich nicht aus den Augen ließ, beruhigend über den Kopf. »So, und nun kümmern wir uns nicht weiter um den Schreihals da draußen, sondern wischen den Küchenboden und den Flur.«

Tims Rückkehr warf alles wieder über den Haufen. Um halb acht kam er nach Hause, registrierte die unruhig auf der Terrasse herumwatschelnde Gans und taufte sie ohne große Umstände auf den Namen Gustav. Dann schickte er sich an, den großen Karton, in dem die Gans geliefert worden war, mit einer Decke auszupolstern.

»Was machst du da, Tim?« erkundigte sich sein Vater.

»Ich baue Gustav ein Bett, was sonst? Glaubst du vielleicht, ich lasse das arme Tier draußen im Freien übernachten?«

In diesem Moment begann Juliane zu ahnen, daß mit weiteren Unannehmlichkeiten zu rechnen war.

»Hör mal zu, Tim«, sagte sie eindringlich, »Gänse haben ein schönes, dichtes Federkleid und sind völlig unempfindlich gegen die Witterungsbedingungen. Was meinst du, warum deine Daunen-Bettdecke so warm ist!«

»Aber er ist doch einsam da draußen«, sagte Tim und starrte mit sorgenvoll gerunzelter Stirn in den dunklen Garten hinaus. »Mama, wie würdest du dich denn fühlen, wenn man dich erst deiner Familie entrissen und dann in einen fremden Garten gesperrt hätte?«

Juliane gab zu, daß sie sich tatsächlich ein wenig einsam fühlen würde. Allerdings handele es sich hier nicht um ein verschlepptes Menschenkind, sondern um eine Gans, die ohnehin in drei Wochen ihr Leben verlieren würde.

»Mensch, bist du grausam«, stellte Tim entrüstet fest, »haben Tiere deiner Meinung nach keine Rechte? Gänse sind Herdentiere!«

Juliane schluckte. Offenbar hatte das Biologie-Referat, das ihr Sohn im September über artgerechte Tierhaltung angefertigt hatte, bleibende Spuren hinterlassen. Begütigend legte sie den Arm auf Tims Schulter. »Niemand will die Gans quälen. Weder friert sie, noch leidet sie Hunger. Im übrigen werden wir sie am Montag zurück zum Bauern bringen. Wir leben hier in einem Reihenhaus und haben eine Menge Nachbarn, auf die Rücksicht genommen werden muß. Roseboom hat sich schon beschwert.«

»Ach, der blöde Roseboom beschwert sich doch sowieso über alles«, schimpfte Tim, ein Argument, das leider nicht zu entkräften war. »Hat Gustav was zu trinken bekommen?«

Nein, das hatten die Eltern versäumt. Schnurstracks organisierte Tim den Reserve-Hundenapf aus dem Keller und füllte ihn mit Wasser, bevor er sich auf die Terrasse begab. Währenddessen verfolgten Juliane und Bruno jede Bewegung der Gans, aber es geschah nicht viel mehr, als daß Gustav den Jungen mit nach vorne gestrecktem Hals beobachtete und dabei mehrfach ein nasales »Ganggang« von sich gab.

»Vielleicht war er vorhin nur so aggressiv, weil man ihn in die Kiste gesperrt hatte«, mutmaßte Bruno, »aber das spielt ja nun auch keine Rolle mehr. Und paßt bitte alle auf, daß die Terrassentür geschlossen bleibt und Bukowski nicht entwischt.«

2.

Am nächsten Morgen, nach einer von zahllosen ungewohnten Geräuschen begleiteten Nacht, war Gustav verschwunden. In heller Aufregung rannten Tim und Gina in den Garten, stöberten unter jedem Busch und durchsuchten jede Ecke des kleinen Gartenhäuschens, aber vergeblich. Die Gans war wie vom Erdboden verschluckt. Nur ein paar kleine grüne Kleckse im Gras und auf der Terrasse zeugten davon, daß sie überhaupt dagewesen war.

»Dann wird er wohl einfach weggeflogen sein«, meinte Bruno achselzuckend, »Gänse fliegen zwar nicht besonders gut, aber für einen Ausbruch aus einem Garten scheint es zu reichen. Tja, das war's wohl. Kommt, Kinder, Frühstück!«

Tim stemmte die Hände in die Hüften und starrte seinen Vater böse an. »Gut, überlassen wir ihn einfach seinem Schicksal.«

Bruno zuckte zusammen. In Tims Worten hatte so viel Anklage, so viel Abscheu mitgeklungen, daß er sich unversehens verantwortungslos vorkam. »Nein, natürlich werden wir das nicht tun«, lenkte er also rasch ein, »laßt mich schnell etwas essen, dann ziehen wir los und suchen die Gans, in Ordnung?« Seufzend registrierte er ein zweifaches Kopfschütteln. Und schenkte dem Frühstückstisch einen langen, bedauernden Blick. Keine Stunde des Sonntags war ihm auch nur annähernd so heilig. »Meine Güte! Also gut, dann suche ich die verflixte Gans eben mit nüchternem Magen.«

Juliane hatte die Diskussion vom Fenster aus mit einem leichten Lächeln verfolgt. Sie brachte den Kindern ihre Jacken und pfiff nach dem Hund. »Und nehmt Bukowski mit! Er muß sowieso mal raus.«

Doch überraschenderweise kam auf ihren Pfiff hin niemand herangetrabt, um schwanzwedelnd an der Terrassentür hochzuspringen. Bald stand fest, daß nicht nur der Gänserich Gustav, sondern auch der Hund Bukowski verschwunden war.

»Eigenartig«, sagte Juliane, »weggelaufen ist er doch noch nie. Kinder, schaut mal in der Garage und auf der Straße nach. Papa und ich kontrollieren den Keller.«

Sie schwärmten in verschiedene Richtungen aus. Gina war die erste, die sich zum Rapport zurückmeldete und bekanntgab, daß Bukowski sich nicht auf der Straße aufhalte. Fünf Minuten später tauchte auch Tim wieder auf. Völlig außer Atem teilte er seinen Eltern mit, er sei bis hinten zum Sportplatz gelaufen. »Und ich habe alle Spaziergänger gefragt, ob sie nicht zufälligerweise eine Gans und einen Hund gesehen hätten, aber die haben alle nur gelacht«, plötzlich war er den Tränen nahe, »vielleicht sind sie beide überfahren worden ...?«

Seine Schwester wurde von der brüderlichen Verzweiflung angesteckt. Die bloße Vorstellung, ihr Hund könne verletzt oder gar tot sein, ließ sie aufschluchzen. Juliane suchte zu beruhigen, doch es fruchtete nichts. Im Geist schwante ihr längst Böses. Bukowski war zwar ein äußerst ruhiger Zeitgenosse, aber steckte nicht in jedem Hund ein Rest vom Wolf? Was also, wenn er sich während der Nacht davongestohlen und den Gänserich erlegt hatte?

Doch aus einer Gartenecke plötzlich leises Gelächter. »Kommt alle her«, rief Bruno halblaut, »ich habe die beiden gefunden. Ach, das glaubt mir keiner.« Den Zeigefinger auf die Lippen gedrückt, winkte er seine Familie herbei. Er stand etwa zwei Meter von Bukowskis Hundehütte entfernt. Unmittelbar *vor* der Hütte, flach auf dem Bauch liegend wie ein schmutziger Flokati, lauerte der Familienhund. Und *aus* der Hütte drang ein zischendes Geräusch.

»Gustav und Bukowski sind wieder da«, jubelten Gina und Tim.

Juliane atmete auf. »Du lieber Himmel, bin ich froh, daß nichts passiert ist! Bukowski, du bist doch kein Gefängniswärter, also ab mit dir ins Haus!« Nach der dritten Aufforderung endlich bequemte sich der Hund, aufzustehen. Scheelen Blickes schlich er an ihnen vorbei ins Haus.

Und Gustav? Der Gänserich ließ noch ein paar Minuten auf sich warten, bevor er sich erhob und mit ausgestrecktem Hals durch die halbrunde Öffnung der Hundehütte ins Freie trat. Seine leuchtend blauen Augen mit den orangefarbenen Lidern schimmerten eigentümlich fremd und kalt.

»Kinder, geht schnell ins Haus«, sagte Bruno hastig und wich einen Schritt zurück. Gustav jedoch mochte weder zubeißen noch angriffslustig zischen noch einen seiner gellenden Trompetenschreie ausstoßen. Er sagte nur einmal laut »naagnaag« und schlug ein wenig mit den Schwingen. Dann zupfte er einen Grashalm aus dem Boden.

Der Tag verlief einigermaßen friedlich, wenn man davon absah, daß Nachbar Roseboom seinen kostbaren Nachmittag damit verbrachte, den Gerberschen Garten zu beobachten. Von der Wohnzimmergardine nur unzureichend verdeckt, lauerte er unbeweglich am Fenster.

»Schau dir den alten Besserwisser an«, kommentierte Bruno den Anblick ohne jeden Respekt, »analysierte man seine Körpersprache, so könnte man glatt behaupten, er hätte nicht nur die Arme, sondern auch sein Gesicht verschränkt. Dabei besteht doch gar kein Grund zur Klage. Macht die Gans vielleicht Krach?«

Nein, Gustav war wie ausgewechselt. Hatte er am gestrigen Tag noch höchst lautstark gegen jedes Geräusch, jedes Auftauchen einer menschlichen oder vierbeinigen Gestalt protestiert, so rührte er sich heute kaum vom Fleck. Und er schwieg. Sogar die vielen gepflegten Grashalme um ihn herum verweigerte er.

»Ich dachte ja immer, der Satz ›Er läßt die Flügel hängen‹ sei nur so eine Redensart«, meinte Juliane, die in regelmäßigen Abständen ans Fenster eilte, »aber allmählich verstehe ich, was damit gemeint ist. Bruno, hast du eine Ahnung, was mit ihm los sein könnte?«

Nach einem flüchtigen Blick auf den Gänserich zuckte er mit den Achseln. »Ach, was weiß ich. Er wird sich wohl akklimatisieren müssen.«

In diesem Moment zwängte sich Tim zwischen seine Eltern. »Es ist doch total klar, was er hat! Erinnerst du dich denn nicht mehr daran, wie Bukowski dauernd seine Geschwister gesucht hat, als er gerade hier eingezogen war? Nun schaut, wie traurig Gustav aussieht. Er vermißt eine Familie. Gänse sind schließlich Herdentiere!«

Mit unterdrückter Stimme murmelte Bruno, dann sei ja alles in bester Ordnung, denn unter diesen Umständen werde morgen, wenn er Gustavs Wunsch nach gänsischer Gesellschaft erfüllte, die Wiedersehensfreude um so größer ausfallen. »Bin ja gespannt, ob er auch allen seinen Schwesterchen und Brüderchen in die Arme fallen wird«, setzte er ironisch hinzu, »wäre das nicht ein gans, gans rührendes Happy End?«

»Bruno!« sagte Juliane scharf.

»Papa!« entsetzte sich Tim.

»Wuff!« sagte Bukowski sonor, bevor er sich an der Scheibe aufrichtete und dem Glas ein paar frische Kratzer zufügte. Nebenan war Roseboom aufgetaucht. Mit mürrischem Gesichtsausdruck klaubte er eine schneeweiße Feder vom Rasen, begab sich an den Jägerzaun, der seinen Garten von dem der Gerbers trennte, und warf die Feder hinüber. Gustavs Hals versteifte sich. Auf Roseboom zuwatschelnd wirkte er, als ob sein Stimmungstief in diesem Moment sekundär wäre und es vorrangig gälte, sich zu verteidigen. Zwei Meter vom Zaun entfernt blieb er mit gesträubtem Gefieder stehen.

»Los, Gustav, gib's ihm!« rief Tim aufmunternd.

Roseboom und Gustav starrten sich an. Dann drohte Roseboom dem Gänserich sehr ausführlich mit der Faust. In diesem Moment zweifelten weder Bruno noch Juliane mehr daran, daß dieser Nachbar dazu imstande war, einer Gans offiziell den Krieg zu erklären. »Hoffentlich geht das gut«, sagte Juliane bedeutungsvoll, doch Bruno winkte ab. Morgen sei doch alles vorbei, sagte er. Nur noch vierundzwanzig Stunden!

3.

Als Bruno am Montagnachmittag aus dem Büro zurückkehrte, fand er seine Familie vollständig auf der überdachten Terrasse versammelt vor. Eingepackt in Jacken und Mützen fütterten sie Gustav mit eingeweichten Brotbröckchen. Im Schein der Außenlampe wirkte der aufgeplusterte Gänserich wie eine mit menschlichen Zügen ausgestattete Gestalt aus einem Disney-Zeichentrickfilm. Belustigt fragte sich Bruno, warum ihm als Ferienkind auf dem Bauernhof nie aufgefallen war, daß Gänse tatsächlich so etwas wie ein beifälliges »lecker!« auszudrücken vermochten.

»Sieht er nicht süß aus, wenn er den Hals lang macht und dann schluckt?« sagte Gina andächtig, woraufhin ihr Bruder dem Gänserich strahlend einen weiteren Brocken zuwarf. »Es geht ihm gut, Papa. Seit einer Stunde frißt er wieder!«

»Sicher. Eine feine Abschiedsmahlzeit habt ihr ihm da bereitet.« Schmunzelnd strich Bruno seiner Tochter über die Haare. »So, nun bringe ich Gustav zum Bauern zurück, anschließend bitte ich freundlichst um

Hilfe bei der Reinigung der Terrasse. Durch Abspritzen allein wird sie wohl kaum wieder sauber.«

»Kannst dir ja von Roseboom den Hochdruckreiniger leihen«, bemerkte Tim und versuchte angestrengt, die Gans zu sich zu locken. »Komm, Gustav, laß dich noch ein bißchen mästen. Du hast doch drei Tage lang nichts gefressen!«

»Hat Roseboom sich heute wieder beschwert, Juliane?« Bruno bekam keine Antwort. Ein Seitenblick verriet ihm, daß seine Frau auf ihrer Unterlippe herumkaute. Doch er war lange genug mit ihr verheiratet, um dieses Signal korrekt zu deuten und zu wissen, daß sie im Geist gerade Anlauf zu einem höchstwahrscheinlich sehr komplizierten Satz nahm. Also schenkte Bruno ihr lediglich ein Lächeln und wandte sich dann seiner Tochter zu, die an seinem Jackenärmel zupfte.

»Du, Papa?«

»Ja, Liebes?«

Gina stand direkt vor ihm. Um ihm in die Augen sehen zu können, mußte sie den Kopf in einem steilen Winkel nach hinten in den Nacken legen. Die Dezemberkälte hatte ihr einen rosigen Schimmer auf die Wangen gezaubert. »Papa, können wir nicht –?«

»Was denn, Gina?«

Nun legte sie ihre kleinen Hände feierlich um seine Daumen. »Bitte, Papa.«

Der Gänserich schüttelte seine Flügel, sagte beiläufig »naagnaag« und verdrehte den Hals zu einem fragezeichenähnlichen Gebilde, bevor er mit dem Schnabel seine Rückenfedern zu putzen begann. Bruno sah ihm zu, ohne das Bild bewußt wahrzunehmen, denn ihm war unvermittelt klargeworden, warum Juliane so sehr auf ihrer Unterlippe nagte. Ungläubig betrachtete er erst seine Frau, dann Gina, die noch immer an seinen Händen zog, und schließlich Tim, der unruhig mit den Brötchenresten in den Händen spielte.

»O nein«, sagte Bruno mit einem langsamen Kopfschütteln, »nein, das kommt nicht in Frage. Ihr glaubt doch nicht im Ernst ...«

»Aber Gustav ist doch so lieb und hübsch!« Gina hatte unverfälschte Kindersüße in der Stimme.

»Nein, meine Kleine, es ist völlig ausgeschlossen.«

Nun endlich meldete sich Tim zu Wort. »Papa, wir versprechen auch hoch und heilig, daß wir jeden Tag die Terrasse saubermachen! Du wirst überhaupt nicht merken, daß Gustav bei uns wohnt. Ach bitte, nur noch ein paar Tage!«

Das ist nicht fair, dachte Bruno, da war man den ganzen Tag abwesend, kommt abends in der Hoffnung auf einen gemütlichen Feierabend aus dem Büro zurück, und prompt muß man als erstes eine Entscheidung fällen, die den Haussegen für Stunden schief hängen lassen wird. Hilfesuchend drehte er seiner Frau den Kopf zu. »Juliane, sag du doch auch etwas!«

Dieser Satz war ein Fehler, wie Bruno schnell bemerkte. Juliane zog die Schultern hoch und meinte, es seien doch nur noch drei Wochen bis Heiligabend.

»Und was genau willst du damit sagen?«

Plötzlich begann sie zu lachen. »Wäre es denn wirklich so schlimm, Gustav hierzubehalten? Andere Leute halten sich chinesische Nackthunde oder exotische Schlangen oder gar kleine Krokodile, dagegen ist doch der vorübergehende Aufenthalt einer Hausgans geradezu eine Lappalie. Tante Mimi zwei Wochen lang hier logieren zu lassen wäre viel anstrengender.«

Abrupt ließ Bruno die Hände seiner Tochter los. »Ihr habt die Sache längst beschlossen, und zwar ganz ohne mich, nicht wahr?«

Nicht direkt, Liebster, sagten Julianes Augen, wichtige Entscheidungen haben wir noch immer demokratisch getroffen.

»Papa, es kostet doch nichts! Und was meinst du, was für ein tolles Referat ich dann für Bio schreiben könnte«, fügte sein Sohn eifrig hinzu. »Eine Gans live im eigenen Garten hat sonst keiner in meiner Klasse!«

Bruno zögerte einen kurzen Moment, was Gina sofort spürte. Der Moment war gekommen, um sich einer ganz bestimmten und echten Notfällen vorbehaltenen

Stimmlage zu bedienen. Zu allem Überfluß hakte auch noch Juliane nach und meinte, er möge doch wegen einer harmlosen Gans bitte nicht so fad reagieren. Mit schmalen Augen betrachtete Bruno den Gänserich, der noch immer sorgfältig sein Gefieder ordnete. »Gebissen hat das Mistvieh mich«, murmelte er, »meinen Rasen hat es verschandelt, und von der schönen Terrasse will ich jetzt gar nicht erst anfangen. Also wirklich –«

»Ich mache alles wieder weg, großes Ehrenwort!« unterbrach ihn Tim und hob die Hand zum Schwur, »außerdem hatten früher *alle* Leute Gänse!«

Sei kein Spielverderber, sagten Julianes Augen. Bruno seufzte abgrundtief. »Nun gut, offenbar bin ich überstimmt. Aber ich will mit der Sache nichts zu tun haben. Und in zwei Wochen drehe ich eurer Gans den Hals um …«

Der letzte Halbsatz ging völlig unter, denn schon bei dem Wort »überstimmt« war auf der Terrasse ein mittlerer Tumult ausgebrochen. Tim warf jubelnd die Arme in die Luft, seine Schwester hüpfte auf der Stelle und rief fortwährend »Danke, Papa, danke!« Nur Juliane schwieg, aber sie lächelte dabei. Es war ihr berühmtes »Ich-habe-es-euch-doch-gleich-gesagt«-Lächeln, und Bruno fand es an der Zeit, sich einmal kurz und kräftig zu ärgern.

»Verflixte Demokratie«, sagte er, »und Roseboom

wird uns steinigen.« Dann ging er ins Haus, ohne Gustav noch eines Blickes zu würdigen.

Seine Vermutung, was ihre Nachbarn betraf, erwies sich als richtig. Noch am selben Abend warf Franz Roseboom den Fehdehandschuh über den Gartenzaun. Der pedantische Endvierziger aus dem Eckhaus gehörte zur Spezies der nörgelnden Belehrer; eine Gattung so anstrengend und ermüdend wie ein Marathonlauf, wobei Marathonläufe im Gegensatz zu Nachbarschaftsverhältnissen den Vorteil eines absehbaren Endes haben.

Zu Roseboams Lieblingsbeschäftigungen zählte es, ungefragt zu erklären, was man gar nicht wissen wollte. Parkte beispielsweise jemand im Halteverbot, so wies er den Fahrer explizit auf diesen Sachverhalt hin. Und er liebte es, das letzte Wort zu haben. Die Mehrheit der Nachbarschaft ging ihm aus dem Weg, das sparte Zeit und Nerven. Was seine Frau Elisabeth anbelangte, so trat sie so gut wie nie in Erscheinung. Ob diese unauffällige, schweigsame Frau darunter litt, daß man sie unbewußt für die unangenehme Art ihres Mannes mitbestrafte, war ihr nicht anzusehen.

An diesem Abend ging Roseboom die Sache so an, wie man es von ihm erwarten konnte. Kaum daß die Gerbers sich zum Abendbrot hingesetzt hatten, klingelte das Telefon. Bruno verzog das Gesicht, ließ seine Familie gestenreich wissen, wie typisch er es fände, wieder eimal als Märtyrer herhalten zu müssen, und hob ab.

»Guten Abend, Herr Roseboom ... Nein, leider nicht ... Nur bis Weihnachten, Herr Roseboom ... Glauben Sie vielleicht, der Krach Ihres Laubsaugers geht mir *nicht* auf die Nerven? Also, ich verbitte mir ...!« Dann war das Gespräch auch schon beendet. Gequält ließ Bruno seinen Blick über den Tisch wandern. »Wie erwartet hat er sich furchtbar aufgeregt. Kinder, nun seid doch vernünftig, die Gans gehört auf den Bauernhof! Dort kann sie schnattern und kreischen, so laut sie will.«

»Versprochen ist versprochen.« Tim protestierte mit vollem Mund, und obwohl Bruno sich ganz deutlich entsann, hinsichtlich der Gans kein offizielles Versprechen formuliert zu haben, war gegen dieses Argument nicht mehr anzukommen.

»Nun gut«, sagte er und wurde für ein Weilchen sehr nachdenklich. »Ich schlage vor, ihr beiden geht morgen los und informiert die Nachbarschaft, daß wir für zwei Wochen eine Gans beherbergen. Ist die Ausnahmesituation nämlich allgemein bekannt, wird das die Angelegenheit möglicherweise vereinfachen. Einverstanden?«

Die Kinder versprachen alles, was der Vater ihnen abverlangte. Und so bezog Gustav für drei Wochen Bukowskis Hundehütte als Ferienquartier, Kost und Logis inklusive. Es gab ordentliches, nahrhaftes Gras, dazu frisches Wasser und täglich ein paar Extrahappen in Form aufgeweichter Brötchen und gekochter Kartoffeln, was seine anfängliche Feindseligkeit abzubauen half. Bei seinen endlosen Watschelgängen durch den Garten kam er nun gelegentlich an der Terrassentür vorbei, warf einen neugierigen Blick ins Wohnzimmer und zog dann weiter Richtung Zaun.

»Schau doch, wie klug Gustav ist!« informierte Tim seinen Vater, »er frißt alles, was grün ist, nur den Efeu nicht. Efeu ist nämlich giftig!«

Angesichts des zerrupften Bildes, den sein Garten bereits bot, wäre es Bruno andersherum bedeutend lieber gewesen. Doch statt sich mit einem sarkastischen Kommentar Luft zu machen, der ihm doch nur wieder vorwurfsvolle Blicke eingebracht hätte, drückte er seinem Sohn einen Geldschein in die Hand. Tim solle im Zoogeschäft ein Säckchen Getreide beschaffen. Möglicherweise konnte man den Gänserich mittels Erweiterung des Nahrungsangebotes dazu bringen, die Pflanzen zu verschonen.

Gustav jedoch liebte die Vielfalt. Nun fraß er beides, Getreide *und* Pflanzen.

Übrigens schlief er im Stehen und auf einem Bein; Kopf und Hals bog er dabei nach hinten, der Schnabel wurde unter einen Flügel gesteckt. Eine merkwürdige

Stellung, fanden die Gerbers, und so instabil! Doch Ginas Befürchtung, ihn eines Morgens umgefallen und mit einem gebrochenen Flügel vorzufinden, erwies sich als überflüssig.

Anfassen ließ Gustav sich nicht; stets hielt er eine Distanz von ein bis zwei Metern zu den Menschen ein. Doch was seine durchdringenden Signale der Abwehr anbelangte, so sparte er sich diese nunmehr für Gelegenheiten auf, bei denen aus Gänsesicht keine andere Reaktion möglich war. Jedwedes Klingeln an der Gerberschen Haustür beispielsweise stieß auf Abneigung. Auch der Anblick von Nachbar Roseboom löste eine augenblickliche Alarmmeldung aus. Und ging die Nachbarskatze, die gleichfalls Roseboom hieß, auf Streifzug, was sie häufig und leider auch nachts tat, dann mußte Gustav erst recht zischen und trompeten; als anständiger Gänserich konnte er nicht anders. Nachdem Juliane und Bruno drei Nächte hintereinander mehrmals hochgeschreckt waren, fanden sich beide an die Zeit erinnert, als die Kinder noch ganz klein gewesen waren. So ging es noch zwei weitere Nächte, dann hatten sie sich an die Geräusche gewöhnt und registrierten es allenfalls im Halbschlaf, wenn Gustav wieder einmal die Katze lautstark aufforderte, seinen Garten zu verlassen.

Wer sich allerdings nicht an die Geräusche gewöhnte, war Nachbar Roseboom.

Mit Juliane als Gesprächspartnerin gab er sich nicht ab, nein, Bruno mußte für seine Tiraden herhalten. Da es sich um tägliche Tiraden handelte, so pünktlich zur Abendbrotzeit losgelassen, daß man die Uhr danach hätte stellen können, ging Bruno dazu über, sich nicht eher ein Brot zu schmieren, bis daß er den leidigen Anruf hinter sich gebracht hatte.

So eine unglaubliche Unverschämtheit, grollte Roseboom.

Das sei dieser Telefonterror auch, konterte Bruno.

Notwehr sei das, erregte sich Roseboom im Gegenzug, nichts als Notwehr! Er gebe dem verehrten Herrn Nachbar nochmals die Chance, diese Kampfgans abzuschaffen. Sei das Vieh morgen früh noch da, werde er sich offiziell beschweren.

Bei wem denn, bitte schön, fragte Bruno grantig nach. Seines Wissens seien diese Reihenhäuser zum größten Teil Eigenheime, da gebe es keinen Hausverwalter, der seine Zeit mit den Nörgeleien eines chronisch unzufriedenen Mieters vertun müßte.

Gut, dann werde er ja sehen, was er von dieser Sturheit hätte, rief Roseboom und legte auf.

Am nächsten Tag unterlief Roseboom ein gravierender Fehler.

Gustav vertrat sich wieder einmal die Watschelbeine,

als ihn auf der anderen, der feindlichen Seite des Gartenzauns etwas zu interessieren begann. Er steckte den Kopf durch den Jägerzaun, um eine offensichtlich sehr schmackhafte Pflanze zu erreichen. Doch plötzlich tauchte wie ein Blitz aus heiterem Himmel Nachbar Roseboom auf. »Verschwinde, du Mistvieh!« rief er voller Zorn, dann holte er aus und warf einen Stein nach dem Gänserich.

Glücklicherweise verfehlte er Gustav. Und glücklicherweise wollte es der Zufall, daß Juliane genau im Moment der Eskalation den Wohnzimmervorhang zur Seite schob, um mehr Licht für den Adventsschmuck zu bekommen, den sie mit Gina bastelte. Den fliegenden Stein sehen und aufspringen war eins. Nachdem sie tief Luft geholt hatte, teilte sie dem Nachbarn folgendes mit: Zum einen sei es unsäglich charakterlos, ein Tier mit Steinen zu bewerfen, zum anderen würde sie ihm den Tierschutzverein auf den Hals hetzen, falls er sich jemals wieder an der Gans vergriffe.

»Das war ein klarer Fall von Hausfriedensbruch!« brüllte Roseboom.

In Julianes Augen war das Bedürfnis, stets das letzte Wort haben zu müssen, durch und durch lächerlich. Nein, Siege errang man auf andere Weise und auf einem anderen Niveau. Sie betrachtete Gustav, der völlig unversehrt schien, sich aber nur langsam beruhigen wollte. Es bestand nun nicht mehr der geringste Zweifel, daß Roseboom mit harten Bandagen zu kämpfen bereit war und auch vor der Anwendung unlauterer Mittel nicht zurückschreckte, wenn es um die Durchsetzung eigener Interessen ging.

Gegen den Nachbarn von rechts hatte Gustav übrigens nichts einzuwenden. Oscar Niemeyer war ein ruhiger, freundlicher Rentner, der in seinem ganzen Leben noch niemals mit der Faust gedroht hatte, und als Bruno ihn kurz nach Gustavs Einzug vorsichtig fragte, ob ihn die Gans eigentlich störe, wehrte Niemeyer nur schmunzelnd ab. »Ach, das bißchen Geschnatter macht mir nichts aus«, sagte er gemütlich. »Ein prachtvolles Tier, Herr Nachbar, dieser Braten wird vorzüglich schmecken!«

Was Gustav und Bukowski betraf, so gingen sie sich aus dem Weg. Sie ignorierten sich, waren weniger als Luft füreinander – um so handfester mußten also die indirekten Reaktionen ausfallen. Bis zum vierten Dezember hatte man, klingelte man bei Gerbers an der Haustür, mit nicht mehr zu rechnen gehabt, als daß die kleine Gina freudig öffnete und Bukowski sich Minuten später müde heranschleppte. Nach diesem vierten Dezember jedoch änderte sich das. Betätigte man den Klingelknopf – nein, so weit kam man gar nicht, denn noch *vor* dem Klingeln meldete sich Gustav aus dem

Hintergarten und trompetete Alarm, ein Geräusch, das jeden Besucher vorsichtig werden ließ und Bukowski aufweckte. Dann fegte ein völlig entfesselter Hund um die Ecke und richtete sich unter ohrenbetäubendem Bellen an der Haustür auf, was in jedem Besucher erste Gedanken an einen formlosen Rückzug auslöste. Etwa zu dem Zeitpunkt, an dem die wenigsten sich noch daran erinnern konnten, weswegen sie ursprünglich diesen Klingelknopf hatten betätigen wollen, tauchte dann Gina auf. Sie schob den tobenden Bukowski zur Seite, öffnete die Tür und schenkte dem Besucher – falls er überhaupt noch vor dem Haus stand – ein Lächeln, das wegen einiger fehlender Milchzähne einen besonderen Liebreiz hatte. Und dann sagte sie gerne etwas wie: »Du brauchst wirklich nicht mehr zu klingeln!«

Vormittags funktionierte das Ganze ein wenig anders, denn dann war Gina in der Schule und lernte Wörter wie »Mama«, »Papa« und »Gustav« zu schreiben. Dann blieb es Gustav und Bukowski überlassen, bis zu welchem Grad sie den Paketboten oder den Mann von der Weihnachtssammlung des Müttergenesungswerks in Angst und Schrecken versetzten.

»Den Klingelknopf könnten wir eigentlich abschaffen«, stellte Bruno abends tiefsinnig fest, »mittlerweile frage ich mich sowieso, warum manche Leute zehntausend Mark für eine Alarmanlage ausgeben. Mehr als eine Gans und einen Hund braucht man doch nicht, um ein Reihenhaus in einen Hochsicherheitstrakt zu verwandeln!«

Juliane zog ihn zärtlich zu sich herunter und küßte ihn. Tim rannte nach oben in sein Zimmer, kurz darauf kehrte er mit einem Buch zurück. »Heute habe ich etwas ganz Tolles in meinem Lateinbuch gefunden!«

»Also, ich habe zwar neun Jahre lang Latein gehabt, aber in der ganzen Zeit niemals etwas ganz Tolles in meinem Lateinbuch gefunden«, murmelte Bruno, woraufhin Juliane ihn mahnend mit dem Ellenbogen anstieß.

»Hört zu«, sagte Tim unter eifrigem Blättern, »es geht um die heiligen Gänse der Juno. Im Jahre 387 stießen die Kelten unter Brennus von Norden auf Rom zu und vernichteten das römische Heer an der Allia. Das war der dies ... der dies ...«

»Du meinst den ›dies ater‹, den schwarzen Tag.«

»Genau. Die Kelten – es waren Gallier – nahmen Rom ein bis auf das Kapitol. Und jetzt kommt's: Bei einem nächtlichen Angriff warnten die auf Staatskosten gefütterten Gänse durch großes Geschrei und Flügelschlagen die Wachen, so daß der Vorstoß erfolgreich zurückgeschlagen werden konnte. Ein Waffenstillstand wurde durch Goldzahlung erreicht: Brennus warf noch sein Schwert auf die Waage, als die Römer gegen die

Menge zu protestieren versuchten. Das war die Sache mit ›Wehe den Besiegten‹«, Tim klappte sein Lateinbuch zu, »aber die ist unwichtig. Papa, hast du gewußt, daß Rom von Gänsen gerettet wurde?«

»Neun Jahre Latein, mein Sohn«, sagte Bruno nur, »neun grausame Jahre!«

Tim freute sich noch immer. »Ganz normale Gänse, so wie unser Gustav! Das hätte ich wirklich nicht gedacht.«

Er war rundherum stolz und glücklich. Und Bruno mochte ihn nicht mehr darauf hinweisen, daß Gänse – von denjenigen, die sich an der segensreichen Rettung Roms beteiligt hatten, einmal abgesehen – ansonsten keine heiligen Tiere, sondern Opfertiere waren, die gern verzehrt und in der Medizin verwendet wurden.

Die Familie setzte sich zum Essen hin. An den Fenstern glitzerten aus Goldfolie ausgeschnittene Sterne, es duftete nach frischem Tannengrün, und wie jeden Abend zählte Gina ihre sämtlichen Weihnachtswünsche auf. Am dringlichsten schien der Bademantel für ihre Puppe Carolin zu sein – oder vielleicht doch eher ein neues Fahrrad?

Doch wieder mischte sich Roseboom telefonisch in die Mahlzeit ein. »Herr Gerber, seit einer Woche raubt mir Ihre Gans nun die Nachtruhe. In Anbetracht Ihrer

Verbohrtheit bleibt mir nur noch ein Ultimatum. Entweder das Vieh verschwindet noch am heutigen Abend, oder ich werde mich zu wehren wissen.«

»Äußerst interessant. Darf ich um Erläuterung bitten?« sagte Bruno mit vollem Mund. Angesichts der tagtäglichen Belästigung hielt er es mittlerweile nicht mehr für ein Gebot der Höflichkeit, mit dem Essen zu warten.

»Warten Sie's einfach ab!« In Rosebooms Stimme schwang rätselhafte Vorfreude mit.

Nach dieser Mahlzeit entwischten beide Kinder im Schutz der Dunkelheit auf die Terrasse und beschworen den Gänserich, nachts unter allen Umständen den Schnabel zu halten. »Mach meinem Papa nicht soviel Streß, hörst du?« vernahm man Tims Flüsterstimme. »Ich weiß jetzt, daß dein Ur-Ur-Ur-Urgroßvater Rom gerettet hat, aber da war auch eine ganze Armee im Anmarsch. Du mußt ganz brav und leise sein, Gustav. Versprochen?«

Gustav schnatterte zwar etwas, was unter Umständen als Zustimmung hätte gedeutet werden können, hielt sich jedoch nicht an die Bitte der Kinder. Zweimal spazierte die verhaßte Katze im Verlauf der Nacht mitten durch sein Revier, zweimal meldete er notgedrungen die Provokation des Feindes – und beide Male weckte er damit Roseboom aus dem Tiefschlaf.

Morgens um vier rückte ein Streifenwagen an. Als die beiden Beamten aus dem Wagen stiegen, lag tiefster Nachtfrieden in der Straße. Nirgendwo brannte Licht, von dem hellerleuchteten Küchenfenster des Eckhauses einmal abgesehen. Im Bademantel stürzte Roseboom auf die Obrigkeit zu und verkündete, das habe ja reichlich lange gedauert, bevor er mit einer weitreichenden Handbewegung in Richtung des vermeintlichen Lärms deutete, der so grausam seine Nachtruhe gestört hatte. Man lauschte. Sah ihn verwundert an und lauschte weiter. Doch nein, man hörte nichts. Insofern verständlich, als es nichts zu hören gab, die Katze hatte den Gerberschen Garten ja längst verlassen.

Aber dieses Geschnattere und Gekreische im Hintergarten des Nachbarhauses, das mußten die Herren doch vernehmen!

Zum zweitenmal lauschte man – und hörte noch immer nichts. Der Einladung des erregten Herrn Roseboom, ihm in seinen Garten zu folgen und sich über den Jägerzaun hinweg den Verursacher des Lärms anzuschauen, mochten die beiden Wachtmeister nicht folgen. Nach einer sachlichen Ermahnung, die Dienste der Polizei in Zukunft nur aus triftigem Grund zu beanspruchen, stiegen sie wieder in ihr Auto und fuhren zurück zur Wache.

4.

Einen Tag später begann es zu regnen. Was Gustavs orangefarbene Watschelfüße im Alleingang nicht geschafft hatten, gelang ihnen im Regen geradezu spielend. Fast über Nacht verwandelte sich der vormals tiefgrüne Rasen in einen rutschigen Morast, aus dem nur noch vereinzelt ein paar Grasbüschel hervorlugten. Und diese Büschel fraß Gustav auch noch ab. Die Tatsache, daß Bruno in der warmen Jahreszeit so liebevoll wie regelmäßig Stickstoffdünger ausstreute, um barfuß auf watteweichem Rasen Federball spielen zu können, hatte in Gustavs begrenzter Gedankenwelt keinen Platz. Gras war eben Futter, Punkt.

»Meine Güte«, sagte Bruno voller Abscheu, als er durch das Wohnzimmerfenster den zunehmenden Verfall seines Gartens betrachtete, »hier sieht es ja aus wie nach einem Schweinerennen im Regen.«

»Liebling, nun sei doch einfach froh, daß jetzt nicht Sommer ist und niemand barfuß herumlaufen will.« Begütigend legte Juliane ihre Arme um seinen Hals. »Bis wir den Garten wieder nutzen, haben Zeit und

Frühlingssonne längst alles wieder gerichtet. Zudem sind Gustavs Hinterlassenschaften wahrscheinlich ein ausgezeichneter Naturdünger.«

Bruno enthielt sich jeden Kommentars. Außerordentlich kritisch starrte er auf den herumwatschelnden Gänserich. Jeder Schritt seiner breiten Schwimmfüße auf dem Morast erzeugte ein schmatzendes Geräusch. »Naagnaagnaag«, sagte er und wackelte auf die Terrasse zu, wo er sich nach Gänseart vor Juliane und Bruno verneigte. Daß Juliane die Bewegung sofort nachahmte, nahm Bruno noch kopfschüttelnd zur Kenntnis, als sie dann gleichfalls zu schnattern begann, geriet er ein wenig aus der Fassung. Welchen Sinn es ihrer Meinung nach habe, mit seinem Weihnachtsbraten Konversation zu betreiben?

Einen Sinn habe es nicht, antwortete Juliane sehr fröhlich, aber es mache Spaß. Mit einem eigentümlichen Blick richtete sie sich wieder auf. »Sag mal, Bruno, wer soll Gustav eigentlich schlachten?«

»Ich natürlich«, sagte Bruno, »wer denn sonst?«

Daraufhin sagte Juliane nichts mehr.

Roseboom war nach der Pleite mit der örtlichen Polizei noch nicht bereit, die Waffen zu strecken. Ganz im Gegenteil. Als die Gerbers den Gänserich mit Futter und frischem Wasser versorgten, wurde Bruno wieder einmal der Gestalt des Nachbarn am Fenster gewahr.

»Roseboom steht auf seinem Posten wie eine von den drei Erinnyen höchstpersönlich«, stellte Bruno kopfschüttelnd fest, »gleich entsteigt er dem Tartarus und rächt sich gar fürchterlich! Meine Güte, ob wir jemals Ruhe vor diesem pedantischen Kleingeist haben werden?« Ohne nachzudenken, hob er die rechte Hand und tippte sich an die Stirn. Die Folgen dieser unbedachten Geste ließen nicht lange auf sich warten.

»Sie haben mir vorhin einen Vogel gezeigt. Wollen Sie auch noch eine Anzeige wegen Beleidigung?« schnaubte Roseboom voller Genugtuung am Telefon. Rein rechtlich sei der Tatbestand der Körperverletzung nun erfüllt, denn wieder habe die Gans ihn in der vergangenen Nacht dauernd aus dem Schlaf gerissen. Mittlerweile sei er vor Müdigkeit kaum noch in der Lage, seinem Broterwerb nachzugehen. »Ich habe mich anwaltlich beraten lassen. Jeder Mensch hat ein Anrecht auf ungestörte Nachtruhe, Herr Gerber, und ich versichere Ihnen, daß die Angelegenheit juristische Folgen haben wird, wenn Sie das Vieh nicht endlich abschaffen!«

»Ach, nun lassen Sie mich doch einfach in Ruhe«, sagte Bruno schlicht.

Nach dem Essen fiel Juliane ein, daß der Briefträger sich morgens wieder einmal nicht getraut hatte, die Post durch den Briefschlitz zu schieben. Ob Bruno freundlicherweise zu Niemeyers hinübergehen und ihre Post holen könne?

Bruno ging. Nach zehn Minuten stand er wieder im Wohnzimmer, allerdings rot vor Zorn. »Juliane, die Sache wird ernst. Niemeyer sagte, der Postbote habe Bukowki heute eine Bestie genannt. Und Roseboom ist vorhin von Tür zu Tür gegangen!«

»Ja und?« sagte sie verwundert.

»Er hat zur Attacke geblasen. Eine allgemeine Mobilmachung gegen die Gans! Ob du es glaubst oder nicht – er wagt es tatsächlich, Unterschriften zu sammeln. Niemeyers berichteten, auf der Liste stünde schon ein halbes Dutzend Namen. Manzkes, Schulzes, alle wollen, daß die Gans verschwindet, und zwar sofort. Sag mal, haben *wir* uns jemals darüber beschwert, daß die Fischers im Sommer jeden Samstag bis zum Morgengrauen draußen feiern und singen? Haben *wir* jemals per Unterschriftensammlung abzustellen versucht, daß Herr Moll am Wochenende genau dann seinen Rasenmäher anwirft, wenn normale Leute in Ruhe frühstücken wollen? Haben wir das?«

»Nein«, erwiderte Juliane wahrheitsgemäß. Wie so oft blieb sie erstaunlich ruhig. »Soll Roseboom doch Unterschriften sammeln, so viel er will. Ausrichten kann er damit nichts.«

Genau daran zweifle er, sagte Bruno und rieb sich

nachdenklich das Kinn. Vor ein paar Jahren habe es doch ein Gerichtsurteil zu einem ähnlichen Fall gegeben. »Damals war es ein Hahn, dessen Krähen die Nachbarschaft störte. Nach einem längeren Rechtsstreit wurde der Besitzer schließlich dazu verdonnert, dafür zu sorgen, daß der Hahn die gesetzlichen Ruhezeiten einhält. Und im Falle der Zuwiderhandlung –« Mit der flachen Hand machte Bruno eine eindeutige Geste in Halshöhe.

Trotz der brenzligen Lage brach Juliane in Gelächter aus. Krähen könne Gustav nun wirklich nicht, überhaupt sei das Tier nachts ausgesprochen schweigsam. Nur aufschrecken und stören dürfe man es halt nicht.

»Dann erkläre das bitte Roseboom und seiner Katze«, sagte Bruno düster, »das Luder legt es doch regelrecht darauf an, unsere Gans aufzuschrecken! Und ich versichere dir, daß Roseboom keine Ruhe geben wird, bis er die ganze Stadt gegen uns aufgehetzt hat.«

»Laß ihn nur zetern«, entgegnete Juliane mit einem feinen Lächeln, »wir haben nämlich etwas auf unserer Seite, was der alte Querulant nicht hat: die Zeit.«

Endlich begriff Bruno, worauf sie hinauswollte. Verblüfft betrachtete er seine Frau. »Aber natürlich! Falls Roseboom tatsächlich Ernst machen und ein Verfahren anstrengen sollte, wäre Gustav ja längst weg, bis die Sache in Gang käme! Wie gut, daß die Mühlen der Justiz so langsam mahlen.« Lächelnd setzte er hinzu: »Ich hätte nie gedacht, daß ich mich jemals darüber freuen würde.«

Juliane lehnte mit verschränkten Armen an der Wand. Wieder begann sie nachdenklich auf ihrer Unterlippe zu kauen. Plötzlich ging ein Ruck durch ihren Körper. »Und noch etwas: Gustav wird ab jetzt in der Garage schlafen.«

»Wird er nicht.«

»Bruno, willst du dir und uns allen die Vorweihnachtszeit durch einen Krieg mit der Nachbarschaft vergällen? Nächtliche Ruhestörung ist ein ernst zu nehmender Vorwurf, also sollten wir dafür sorgen, daß Gustav nachts keine Katzen mehr zu sehen kriegt. Laß uns in der Garage eine Plane auf dem Boden auslegen und ein bißchen Stroh darauf schütten.« Sie warf ihm einen langen Blick zu. »Wenn du mir nicht hilfst, mache ich es eben alleine. Oder ist es dir vielleicht lieber, er schliefe nachts im Keller?«

Auch diese neuen Zusammenhänge mußte Bruno erst mühsam begreifen. Doch dann verstand er, daß seine sanftmütige Frau sich nicht daran hindern lassen würde, das Auto aus der Garage zu fahren und dieselbe in ein Gänsehotel umzuwandeln. Auf ihren unerklärlichen weiblichen Instinkt war leider Verlaß, und um nichts in der Welt wollte er sich eines nahen Tages dem

Vorwurf ausgesetzt sehen, er hätte doch nur auf seine Frau zu hören brauchen.

Erstmals in seinem Gänseleben betrat Gustav also eine Garage. Er reagierte leise gekränkt. Schnatterte minutenlang seinen Unwillen gegen die nackten Betonwände mit den aufgehängten Sommerreifen – welch unwürdige Herberge! –, bevor er sich durch ein paar hingeworfene Brotstückchen ablenken ließ. Und dann verstummte er tatsächlich.

Julianes Plan funktionierte. Mehrfach wandelte die Katze in dieser Nacht durch den Garten der Gerbers, ohne daß jemand zischte, mit den Flügeln schlug oder ihre Ohren mit gellenden Trompetentönen beleidigte. Mutiger geworden, wagte sie sich sogar bis zur Terrasse vor, doch noch immer gab es keinen Gänsealarm. Nach dem dritten Kontrollgang fand die Katze das Spiel so langweilig, daß sie zurück in ihr Haus schlüpfte. Die ganze Nacht hindurch lag also paradiesische Ruhe über der Straße. Bis zu dem Moment, an dem Bruno und Juliane die Garage öffneten, um die Gans wieder hinaus in den Garten zu treiben.

»Ach du liebes Bißchen«, äußerte Bruno schwach, »hier sieht's ja aus wie – wie –« Dann brach er ab, weil ihm auf die schnelle kein Vergleich einfiel, der den Zustand des Garagenbodens auch nur annähernd beschrieb.

»Wie gut, daß wir wenigstens die Plane ausgelegt haben«, entgegnete Juliane sanft. »Aber mach dir keine Sorgen, Liebster, in ein paar Tagen ist alles vorbei.«

Und Gustav sagte wieder einmal nur »naagnaag« und fächelte mit den Flügeln, bevor er sich zum Gänsemarsch in den Garten bequemte.

Daß ihre Entscheidung tatsächlich voll instinktiver Weitsicht und genau zum richtigen Zeitpunkt erfolgt war, ging Juliane erst im Laufe des Tages auf. Die Unterschriftensammlung war nur ein Teil von Rosebooms ausgeklügeltem Schlachtplan gewesen; gleichzeitig hatte er das Ordnungsamt der Stadt verständigt. Als es am Nachmittag bei Gerbers an der Haustür klingelte, sah sich die sehr erschrockene Juliane unvermittelt einem Außendienstmitarbeiter des Amtes gegenüber, der seinen Ausweis zückte und dann sachlich auf die Beschwerde des Herrn Roseboom zu sprechen kam. Viel brauchte er nicht zu erklären, ein paar Handbewegungen in Richtung Garten, wo Gustav randalierte, während Bukowski sich vor ihm die Lunge aus dem Leib bellte, reichten vollkommen aus.

»Ja«, erwiderte Juliane rasch und hielt Bukowski die Schnauze zu, »wir haben uns schon gedacht, daß es Schwierigkeiten geben würde.«

»Ungestörter Schlaf ist Menschenrecht, Frau Gerber.« Der Bedienstete des Ordnungsamtes blickte bedeutungsvoll. »Ich muß Sie dringend auffordern, den nächtlichen Lärm abzustellen. Schließlich ist das hier keine ländliche Gegend, wo Tiergeräusche gewissermaßen in Kauf genommen werden müssen, sondern ein reines Wohngebiet.«

Juliane hatte gerade ein stummes Dankgebet Richtung Himmel geschickt. Welch Glück, daß sie gestern hinsichtlich Gustav und der Garage so unbeugsam gewesen war. Erleichtert sagte sie: »Das Problem ist bereits gelöst. Die Gans lebt nur übergangsweise hier, und angesichts des kommenden Weihnachtsfestes läßt sich ihre Lebenserwartung mit noch exakt elf Tagen beziffern.«

»Das erwähnte Ihr Nachbar bereits zum Zeitpunkt der Beschwerde, dennoch muß ich –«

»Ich sagte doch, das Problem ist gelöst!« fiel sie dem Beamten ins Wort, »die Gans verbringt die Nacht nicht mehr im Garten, sondern in der Garage, und seitdem herrscht Ruhe. Oder hat Herr Roseboom etwa Gegenteiliges behauptet?« Sie schenkte dem Mann ein Lächeln. Diese Angelegenheit erforderte diplomatisches Feingefühl, und jeder schroffe Kommentar hätte sich zu ihren Ungunsten ausgewirkt. »Sehen Sie? Wer würde es denn schon kurz vor Weihnachten auf Streit mit der Nachbarschaft anlegen?«

Oh, da könne er aber tolle Geschichten erzählen,

entgegnete der Beamte; Menschen, die das Recht für sich selber gepachtet zu haben meinten, gebe es leider überall, einige ließen sich sogar nur durch Ordnungsstrafen und Bußgelder überzeugen. Es folgte wieder dieser bedeutungsvolle Blick. »Frau Gerber, darf ich Sie bitten, mir die Garage kurz zu zeigen?« Ganz offenkundig wollte er einen Beweis.

Mit einer Hand zog Juliane das metallene Tor hoch, mit der anderen hielt sie Bukowski am Halsband fest, damit er unter keinen Umständen in die Garage lief. Einem Zweibeiner wäre es möglicherweise noch gelungen, unbefleckten Fußes auf der anderen Seite anzukommen, einem Vierbeiner jedoch kaum. Gina blieb freiwillig in der Einfahrt stehen. Sie hatte gerade neue Winterschuhe bekommen, die sie zur Zeit noch wie kostbare Kleinodien hütete.

Das Tor hatte sich erst zur Hälfte geöffnet, als Julianes Besucher schon abwinkte. »Das reicht«, bemerkte der Beamte lakonisch, »schön, daß Sie eine einvernehmliche Lösung gefunden haben. Im Falle weiterer Beschwerden schlage ich vor, das Tier auch während der Mittagsruhe in die Garage zu schaffen.« Freundlich reichte er Juliane die Hand. Schon im Gehen begriffen, wandte er sich noch mal um. »Übrigens, letztes Jahr hat meine Frau die Weihnachtsgans mit Maronen und Feigen gefüllt. Ein wahrer Gaumenschmaus!«

Als Bruno spätnachmittags nach Hause kam, hörte er sich ohne erkennbare Regung an, was seine Frau zu berichten hatte. Dann, ohne auch nur ein Wort zu sagen, griff er zum Telefon.

»Herr Roseboom, Sie haben Ihren Willen also bekommen. Dürfen wir uns jetzt endlich ohne weitere Belästigung auf Weihnachten freuen, ja? ... Nein, das vergessen Sie am besten sofort. Nun hören Sie doch auf –« Plötzlich ließ er den Hörer sinken und sah fassungslos auf Juliane. »Mitten im Satz aufgelegt. Und weißt du, was er verlangt hat? Gustav soll nicht nur nachts, sondern auch tagsüber in der Garage bleiben. Die Lärmbelästigung durch die Kinder und Bukowski sei schon unerträglich genug.«

»Kommt nicht in Frage!« rief Tim erschüttert. »Das ist Tierquälerei! Gänse brauchen eine Weide und frische Luft!«

Juliane zog ihren Sohn zu sich. »Niemand denkt daran, Gustav wegzusperren. Das müssen wir übrigens auch gar nicht. Der Mann vom Ordnungsamt war absolut zufrieden mit unserer einvernehmlichen Lösung.«

»Einvernehmlich, daß ich nicht lache«, knurrte Bruno.

»Übrigens«, sagte Tim befriedigt. »In meinem Biobuch steht, daß Gänse gerne im Wasser plantschen. Könnten wir nicht für Gustav ein kleines Badebecken anlegen?«

»Nein!« sagte Bruno.

Zwei Tage lang herrschte Ruhe. Zu Julianes und Brunos Erstaunen sah Roseboom von weiteren Anrufen ab. Nachts schlief Gustav in der Garage, tagsüber tummelte er sich im Garten. Doch insgesamt war es ein bißchen viel der Ruhe, fand Juliane. Irgend etwas an dem Gänserich schien sich zu verändern; was es genau war, vermochte sie indes nicht zu sagen. Öffnete man morgens die Garage, verhielt sich Gustav wie immer, tagsüber jedoch baute er regelrecht ab. Als drei Tage später Ginas Freundin klingelte und daraufhin zum ersten Mal der gellende Trompetenschrei ausblieb, wuchs ihre Irritation. Vom Wohnzimmerfenster aus warf Juliane einen prüfenden Blick auf die Gans, die ganz und gar still auf der Terrasse saß und mit geschlossenen Augen über den Sinn des Lebens zu sinnieren schien. Besorgt trat sie hinaus ins Freie. »He, was ist los mit dir? Bist du vielleicht krank?«

Statt einer Antwort fiel Gustav um. Ohne einen Mucks von sich zu geben, kippte er zur Seite und blieb dort liegen, als fände sich kein Fünkchen Energie mehr in seinem Leib.

Wäre Gustav ein Mensch gewesen, hätte Juliane ihm nun unverzüglich die Temperatur gemessen und wahrscheinlich einen Blick in seinen Hals geworfen. In Anbetracht der biologischen Fremdheit jedoch fühlte sie sich rettungslos überfordert. Bekamen Gänse manchmal Schnupfen? Hatten sie im unteren Teil ihres endlosen Halses vielleicht gar Mandeln, die sich entzünden konnten?

Kurzerhand packte sie die Gans in die windgeschützte Hundehütte, rief ihren Sohn vom Computer weg und fuhr mit ihm in die Stadtbibliothek. Dort stöberten sie durch die Regale, bis sie ein Handbuch für Hobby-Geflügelhalter gefunden hatten. Schon auf der Rückfahrt vertiefte sich Tim so konzentriert in jenen Teil des Ratgebers, der auf Geflügelkrankheiten im allgemeinen und speziellen einging, daß Juliane förmlich zusammenzuckte, als er plötzlich »O nein! Der arme, arme Gustav!« rief.

»Was ist los? Hast du herausbekommen, woran Gustav leidet?«

Bleich geworden, begann Tim vorzulesen, welche Krankheiten seiner Meinung nach in Betracht kamen. Klassische Geflügelpest. Paratyphus. Geflügelcholera. Rachitis. Zehenverkrümmung. Vielleicht auch Pneumoaerocystitis – aber das konnte er noch nicht richtig aussprechen. Jedenfalls gingen die meisten jener Krankheiten mit einer hohen Sterberate einher.

»So schlimm wird's wohl nicht gleich sein«, meinte Juliane, »schau lieber mal nach, ob es so etwas wie Gänseschnupfen gibt.«

Tim blätterte weiter. »Ja, Gänseschnupfen gibt es auch. Hat er schleimiges Sekret in den Nasenlöchern? Bildet sich gelb-käsiger Belag in Schnabelhöhe und im Rachen? Treten seine Augen schon beulenartig vor?« Die grausigen Einzelheiten machten ihm offenkundig zu schaffen.

Seine Mutter konnte sich eines Lächelns nicht erwehren. Nein, das passe alles nicht zu Gustavs Symptomen. Da allgemeine Mattigkeit und Störungen des zentralen Nervensystems jedoch in dem Handbuch nicht aufgeführt wurden, drängte Tim alsbald auf einen Besuch beim Tierarzt. Listig fügte er hinzu, im übrigen habe sich ja nun geklärt, daß es an Heiligabend keinen Gänsebraten geben könne. »Also, ich finde das richtig toll von Gustav, daß er jetzt krank geworden ist«, sagte er und lachte laut auf.

»Wie meinst du das?« Juliane warf ihm einen kritischen Seitenblick zu.

»Ein Tier, das krank ist, muß Medikamente einnehmen. Und bis die wieder aus dem Körper heraus sind, vergehen Tage, ach was, da vergehen Wochen! So lange wird niemand auf die Idee kommen, Gustav umzubringen.« Tim erwiderte ihren Blick. Triumph leuchtete in seinen Augen. »Oder willst du vielleicht an Weihnachten Fleisch essen, das voller Medizin ist?«

Nein, das wollte Juliane natürlich nicht. Mittlerweile

wußte sie insgesamt nicht mehr so genau, wie der Heiligabend verlaufen sollte. Nur eins stand fest: Was den Speiseplan an diesem Festtag anging, hatten Tim und sein Vater gänzlich unterschiedliche Vorstellungen.

»Nun laß' uns erst einmal nach Gustav schauen«, lenkte sie ihren Sohn ab. »Vielleicht hat er nur eine schlechte Phase. Könnte es sein, daß ihm einfach zu langweilig ist?«

Tim wehrte ab. Langeweile sei zwar etwas Furchtbares, würde aber jemanden nicht binnen dreier Tage so umkrempeln und schon gar nicht in Ohnmacht fallen lassen. Und als Juliane auf die Terrasse trat, konnte auch sie nicht anders, als zuzugeben, daß der Junge recht hatte. Kein Schnattern gab es mehr, kein geschäftiges »naagnaag«. Schläfrig hockte Gustav vor Bukowskis Hundehütte, döste vor sich hin und sah in unbestimmte Fernen.

»Gustav ist ja schon fast so phlegmatisch wie Bukowski«, stellte Juliane fest. »Doch erkältet ist er anscheinend nicht. Tim, weißt du zufällig, ob Dr. Schumann auch Gänse behandelt?«

Es war allerdings gar nicht nötig, diesbezüglich genauere Nachforschungen anzustellen, denn schon am nächsten Morgen, während das allgemeine Sieben-Uhr-Durcheinander herrschte, kam Licht in das Dunkel. Juliane belegte Butterbrote und fragte gleichzeitig unregelmäßige englische Verben ab, während Tims Aufmerksamkeit sich nicht so recht zwischen »to go – went – gone« und Gustavs morgendlichem Befinden entscheiden konnte.

Dann fehlte auch noch sein zweiter Schuh. Er lief ins Wohnzimmer, ohne das Licht einzuschalten, und angelte erfolgreich unter dem Sofa herum. Beim Aufstehen streiften seine Augen den Garten, in dem ebenso Dunkelheit herrschte wie im Wohnzimmer. Und dann erblickte er einen Schatten am Gartenzaun. Mißtrauisch näherte er sich der Fensterscheibe.

»Beeile dich, Tim, der Bus kommt gleich!«

Er starrte aus dem Fenster. Nein, es handelte sich nicht nur um einen, sondern um zwei Schatten. Der größere stand im Nachbargarten, der kleinere Schatten hingegen befand sich auf ihrer Seite des Zaunes und hatte einen ziemlich langen Hals. »Mama, komm schnell«, rief er aufgebracht. »Da draußen steht Roseboom! Er macht irgendwas mit Gustav, aber ich weiß nicht, was!«

Angestrengt versuchte er zu erkennen, was im Garten vor sich ging. Roseboom rührte sich nicht vom Fleck, bewegte aber seinen rechten Arm. Es war immer wieder die gleiche Pendelbewegung, mit wenig Schwung über den Zaun hinweg ausgeführt. Und dann endlich begriff Tim, daß der Nachbar Futter streute. In der gleichen Sekunde erschien seine Mutter neben ihm.

»Roseboom vergiftet Gustav!« tuschelte er. »Jetzt weiß ich endlich, warum er so anders geworden ist. Hoffentlich stirbt er nicht!«

Juliane, die grundsätzlich an das Gute im Menschen glaubte, wollte ihren Augen nicht trauen. Als dritter im Bunde tauchte auch noch Bukowski am Fenster auf. Unter seinem hechelnden Atem beschlug die Scheibe.

Tim ballte die Fäuste in ohnmächtiger Wut. »Mama, wir müssen etwas unternehmen!« sagte er verzweifelt. »Gustav frißt die ganze Zeit Gift!«

Mittlerweile wußte auch Juliane, daß Roseboom zu den letzten, Endgültigkeit schaffenden Waffen gegriffen hatte. »Du bleibst im Wohnzimmer, und halte mir ja den Hund fest!« befahl sie ihrem Sohn, dann riß sie die Terrassentür auf und eilte zum Zaun, so schnell, daß Roseboom zwar zwei, drei Schritte zurückweichen, nicht aber in die Sicherheit seines Wohnzimmers entwischen konnte.

»Was machen Sie da?« rief sie fuchsteufelswild. »Was geben Sie unserer Gans für Futter?«

»Ach, nur ein paar Leckerchen für das brave Gänschen«, sagte Roseboom. Trotz des Halbdunkels war zu erkennen, daß ein säuerliches, dünnes Lächeln auf seinem Gesicht lag.

»Leckerchen? Was meinen Sie damit?«

»Sie sehen doch, daß es dem Schreihals schmeckt! Und benimmt er sich neuerdings nicht wunderbar friedlich? Die Nachbarschaft ist mir jedenfalls unendlich dankbar.«

Friedlich, dachte Juliane, er hat »friedlich« gesagt, nicht »tot«. Aber im Zusammenhang mit einer Weihnachtsgans waren diese beiden Wörter leider nicht allzuweit voneinander entfernt. »Was sind Sie nur für ein Mensch!« stellte sie erbittert fest. »Wie kann man kaltlächelnd ein Tier vergiften! Sie sollten sich in Grund und Boden schämen!«

»Glauben Sie allen Ernstes, ich mache mich wegen einer Gans strafbar?« Triumphierend warf er Gustav das letzte Bröckchen vor die Füße. »Nein, das war kein Gift. Nur ein paar kleine Temperamentzügler, mehr nicht.« Dann zog er sich ohne ein weiteres Wort zurück.

Temperamentzügler? Ganz allmählich begann Juliane zu begreifen, was hier gespielt wurde. Ein Schlafmittel hatte ihr Nachbar dem Gänserich verabreicht! Sie starrte auf Gustav, der nun sichtlich von Lethargie erfaßt wurde. Unzusammenhängendes schnatternd taumelte er Richtung Hundehütte. Dort sackte er zusammen und verstummte mit einem leisen, schläfrigen Zischlaut.

Aufgebracht kehrte Juliane ins Wohnzimmer zurück.

Ihrem in fiebriger Aufregung auf sie wartenden Sohn erläuterte sie rasch, was es mit Gustavs »Vergiftung« auf sich hatte, dann schickte sie beide Kinder in die Schule. Was für eine wunderbare Adventszeit!, dachte sie und setzte sich an den Küchentisch.

In Sachen Rooseboom bestand dringender Handlungsbedarf. Brunos Rückkehr abzuwarten hielt Juliane jedoch für unklug. Nein, es mußte sofort etwas geschehen. Sie zwang sich zur Ruhe, denn Wut und Empörung würden sie bei dem kommenden Wortgefecht unweigerlich den kürzeren ziehen lassen. Überdies war die Macht des letzten Wortes, die Roseboom so gerne ausübte, nicht zu unterschätzen. Gegen seine unfaire Argumentationsweise half nur ein einziges Kraut: kalte Sachlichkeit.

Bald öffnete die Buchhandlung. Juliane würde sich kurz fassen müssen.

In Mantel und Schal baute sie sich vor der Haustür ihrer Nachbarn auf und klingelte. Leider war es Frau Roseboom, die ihr die Tür öffnete, so daß sich Juliane notgedrungen ein schwaches Lächeln abrang. »Guten Tag. Ich hätte gerne Ihren Mann gesprochen.«

»Er ist vor einer Minute aus dem Haus gegangen«, sagte Frau Roseboom, »um vier kommt er wieder.«

Juliane musterte ihre Nachbarin, die trotz der frühen Tageszeit schon ihre Küchenschürze umgebunden hatte. Wortlos drehte sie sich um. Dann geschah etwas Eigenartiges. Frau Roseboom nämlich bat sie, einen Moment zu warten. Und sie benutzte tatsächlich das Wort »bitte«.

»Ja?« Juliane drehte sich verblüfft um.

»Frau Gerber, es tut mir so leid«, murmelte Frau Roseboom, unruhig an den Bändern ihrer Schürze zupfend, »ich wollte das alles nicht. Aber Sie wissen ja, wie er ist.«

Was Elisabeth Rosenboom mit dem letzten Halbsatz meinte, begriff Juliane sofort. Kopfschüttelnd trat sie einen Schritt auf die Nachbarin zu. »Meine Güte, konnten Sie ihm die Schlaftabletten denn nicht ausreden? Das ist doch Tierquälerei!«

Ja, das wisse sie, entgegnete sie, wobei sich ihre Wangen leicht röteten. Aber Franz sei nun einmal nicht zu bremsen, wenn er sich etwas in den Kopf gesetzt habe. Dann wiederholte sie stockend, wie sehr sie das alles bedauere. Die Gans sei doch so ein hübsches Tier.

Sie schämt sich, dachte Juliane entgeistert, *sie* schämt sich in Grund und Boden, nicht der Mann, unter dessen Knute sie steht. Verlegenheit stieg in ihr auf. Sie blickte auf die Uhr; es war höchste Zeit, zum Bus zu gehen.

»Einen Moment noch«, bat Frau Roseboom, »bitte warten Sie – ich hole Ihnen eben ...« Sie hastete die schmale Treppe hinauf und kehrte gleich darauf mit einem Kunststoffdöschen in der Hand zurück. »Hier, nehmen Sie das mit. Dann richten die Pillen wenigstens keinen Schaden mehr an.«

Auf dem Döschen stand der Name eines bekannten Baldrianpräparates. Rasch steckte Juliane die Packung in ihre Manteltasche. Wie erstaunlich, daß Elisabeth Roseboom um Gustavs willen eine fürchterliche Abreibung von ihrem Ehemann in Kauf nahm.

»Ich danke Ihnen«, sagte sie mit verwunderter Herzlichkeit, »aber heute nachmittag werde ich wiederkommen. Und dann wird sich Ihr Mann einiges anhören müssen.«

Der Nachmittag kam. Kurz nach vier Uhr rumpelte Roseboooms Auto nebenan in die Garage, und obgleich Bruno längst über das frühmorgendliche Geschehen informiert war und darauf brannte, seinem Nachbarn höchstpersönlich den Kopf abzureißen, nahm Juliane die Sache ein zweites Mal selbst in Angriff.

»Ja bitte?« Sehr unfreundlich blickte Roseboom durch die halb geöffnete Haustür.

»Was ich Ihnen jetzt sagen werde, sage ich nur ein einziges Mal«, erklärte Juliane ganz ruhig. »Vorhin habe ich zwei längere Telefonate geführt, zum einen mit dem Ordnungsamt, zum anderen mit dem Tierschutzbund. In Anbetracht der Tatsache, daß es für Ihre Aktion mit den Baldrianpillen Zeugen gibt, kann ich Ihnen nur dringend davon abraten, sich unserer Gans ein weiteres Mal zu nähern. Sollten Sie diese Warnung in den Wind schlagen, werden Sie behördlichen Besuch bekommen, und zwar bald. Das Ordnungsamt schätzt keine Wildwest-Methoden. Auch sollten Sie wissen, daß der Tierschutzbund die Wegnahme Ihrer Katze durchsetzen kann. Wer einem Tier mit Tabletten bewußt Schaden zufügt, dem wird unter Umständen das Recht abgesprochen, selber ein Tier halten zu dürfen.«

Roseboom machte schmale Augen. An der Katze hing er mit abgöttischer Liebe, wesentlich mehr als an seiner Frau, und dieses edle, sanfte Wesen einem so gewöhnlichen Tier wie einer Gans opfern zu müssen, war ein Preis, den er nicht zu zahlen gewillt war. Dennoch brauste er auf. »Das war doch nur Baldrian!«

»Ende der Durchsage«, sagte Juliane sehr akzentuiert. Dann ging sie. Und zum ersten Mal, seit sie Franz Roseboom kannte, behielt sie das letzte Wort.

5.

Wieder kehrte Ruhe ein. Ganz allmählich wich die Anspannung der Nachbarschaftsfehde und machte Platz für Adventsstimmung und weihnachtliche Vorfreude. Im ganzen Haus duftete es nach selbstgebackenen Keksen. Was Gustav betraf, so benötigte er anderthalb Tage, um seinen Baldrianrausch endgültig auszuschlafen, dann fand er zu alter Form zurück. Endlich unbehelligt von nachbarlichen Querelen watschelte er tagsüber im Matsch des Gartens herum. Nachts besudelte er die strohbedeckte Plastikplane in der Garage.

Und kein einziges Mal mehr klingelte während des Abendessens das Telefon.

Tim beschäftigte sich in diesen Tagen nur wenig mit seinem Computer. Man fand ihn häufig lesend in der Sofaecke, das Handbuch für Geflügelhalter in der Hand. Und abends liebte er es, seiner Familie kleine Quizfragen zu stellen, auf die niemand eine Antwort wußte.

»Papa, was ist der Grund für tote Küken mit schlechtem Geruch?«

»Weiß ich nicht.«

»Eine Nabelinfektion natürlich, was sonst?!«

Das fand Bruno zwar interessant, aber nicht interessant genug, um das Thema weiter zu verfolgen. Schon gar nicht beim Essen. Überdies sei das Thema Gans über kurz oder lang erledigt.

»Eigentlich könnten wir Gustav doch behalten«, bemerkte sein Sohn unschuldig, »dann werde ich Mitglied im Geflügelzuchtverein und gehe mit Gustav auf Ausstellungen! Er kriegt bestimmt die Note ›vorzüglich‹. Das bedeutet, das Tier macht einen überragenden Gesamteindruck. Und zu Weihnachten schenken wir ihm eine hübsche Gänsefrau und haben bald den Garten voller süßer kleiner Küken!«

Gina fand die Idee wundervoll. Bruno allerdings überhaupt nicht.

»Tim, mach dir bitte keine falschen Hoffnungen. Ich weiß, wie niedlich Gänseküken sind, aber in diesem Garten wird es keine geben, hörst du? Wir haben unser ganzes Leben ohne Gans gelebt, und so wird es auch ab Weihnachten wieder sein. Alles klar?«

»Alles klar.« Unbewegten Gesichtes stand Tim auf und verschwand in seinem Zimmer.

»Du bist doof, Papa«, sagte Gina und verschwand ebenfalls in ihrem Zimmer.

»Vielleicht bist du beim nächsten Mal etwas zartfühlender, ja?« sagte Juliane und verschwand – nein, nicht in ihrem Zimmer, sondern im Obergeschoß.

Eine halbe Stunde verging. Auf dem Weg nach unten nahm Juliane Tims Papierkorb mit, um ihn auszuleeren. Gedankenverloren kippte sie Schulheftseiten und fehlerhafte Computerausdrucke in die Altpapiertonne, als plötzlich ein zusammengeknülltes farbiges Blatt Papier ihre Aufmerksamkeit weckte. Sie strich es glatt und stellte fest, daß es sich um eine herausgerissene Seite aus dem Handbuch für Hobby-Geflügelhalter handelte.

Die Kapitelüberschrift lautete »Aussondern und Schlachten«.

Juliane spürte, wie ihr der Hals eng wurde. Hastig überflog sie den Text: »Mit einem kräftigen Schlag des Beils schlagen wir den Kopf ab. Sogleich nehmen wir das Tier, wobei wir es weiterhin an den Flügeln und Läufen halten, vom Hackklotz und lassen es über einem Topf ausbluten. Dabei halten wir mit der freien Hand den Hals senkrecht nach unten, damit das Blut ohne Probleme in den Topf läuft. Nachdem die Zuckungen des geschlachteten Tiers abgeklungen sind, rupfen wir es, entfernen die Läufe und nehmen die Innereien heraus.«

Sie ließ die Buchseite zurück in die Altpapiertonne fallen und warf den Deckel zu. Tim und Gina wird das Herz brechen, dachte sie. Wie sollte man unter diesen Umständen Weihnachten feiern?

Sie würde gründlich nachdenken müssen. Denn viel Zeit, um eine Lösung zu finden, blieb nicht mehr.

Am Freitagabend gönnten sich Bruno und Juliane einen Kinobesuch. Den französischen Autorenfilm, den Juliane ausgesucht hatte, goutierte Bruno zwar nicht, doch als er sich nach Ende der Vorstellung in jenem gemütlichen kleinen Lokal wiederfand, wo man die Lasagne genau nach seinem Geschmack zubereitete, ließ er sich wieder mit dem Abend versöhnen.

»Kommt mir so vor, als sei es eine Ewigkeit her, daß wir zu zweit ausgegangen wären, nur wir beide und ganz ohne Kinder«, sagte er zärtlich und ergriff Julianes Hand.

»Letztes Jahr war es genau andersherum«, lächelte sie, »da raste die Adventszeit förmlich vorbei. Ist dir eigentlich aufgefallen, daß Roseboom neuerdings respektvollen Abstand vom Gartenzaun hält? Und als ihm gestern früh Tim über den Weg lief, hat er tatsächlich ›Guten Morgen‹ gesagt!«

»Nun«, Bruno lachte, »das verdanken wir alles dir.«

Mit leisem Stolz spießte sie ihr letztes Stück Pizza auf. »Wenn Rosenboom wüßte, daß ich weder mit dem Ordnungsamt noch mit dem Tierschutzverein telefoniert hatte und alles nur Bluff war!«

Und in ein paar Tagen könne man sich endlich dem

Weihnachtsfrieden hingeben, entgegnete Bruno mit einem glücklichen Seufzer. Keine Aufregungen mehr, statt dessen gemütlicher Kerzenschein, Ausschlafen, gutes Essen und viel frische Luft. Allerdings bestehe er darauf, vor dem Fest gemeinsam Garage und Terrasse aufzuräumen. So am 23. Dezember, wenn Gustav in die ewigen Schnattergründe eingegangen sein würde.

Juliane dachte gleichfalls an die kommenden Weihnachtsfreuden. Kerzenschein und »Stille Nacht«, Spaziergänge und aufgeregte Kinder. Auch die Geschenke hatte sie größtenteils schon besorgt. Was ihr nach wie vor große Sorgen bereitete, war das Weihnachtsessen. Noch immer wußte sie nicht, womit sie Bruno hätte bewegen können, seine Absichten zu ändern. Eine glatte Forderung wäre der Sache wenig dienlich gewesen; nein, es mußte anders ablaufen. Der angestrebte Weihnachtsfrieden betraf schließlich nicht nur die Kinder, sondern auch ihren Mann und sie selbst.

»Bruno«, begann sie vorsichtig, »sollen wir an Heiligabend nicht lieber eine schöne Lammkeule essen? Irgendwie ist mir der Appetit auf Gänsefleisch vergangen.«

»Der kommt wieder«, versprach er. »Oh, was für ein Vergnügen es sein wird, Bissen für Bissen jenes Biest zu vertilgen, das uns um ein Haar zu den Desperados der Straße gemacht hätte! Aber eins schwöre ich dir: Bei der nächsten Gans werde ich mich dreimal vergewissern, daß ihre Körpertemperatur exakt minus achtzehn Grad beträgt.«

»Ach, Bruno«, sagte Juliane still, »ich weiß nicht so recht. Die Kinder –«

»Fang jetzt bitte nicht an, auf deiner Unterlippe zu kauen. Du meinst, die Kinder werden etwas dagegen haben, daß ich Gustav ins Jenseits befördere? Nun, das gibt sich auch wieder. In den nächsten Tagen knöpfe ich mir die beiden mal vor. Aber jetzt hätte ich große Lust auf einen Abstecher ins ›Café Exil‹, dort spielen sie freitags immer so schönen Dixie.«

Juliane ließ sich doch noch von Brunos guter Laune anstecken. Sie tanzten viel und so ausgelassen wie schon lange nicht mehr. Als sie kurz vor halb zwei nach Hause gingen, glitzerten zwischen dicken Wolkenpaketen ein paar Sterne am Himmel. Bruno führte sich nun ziemlich albern auf, was an den Cocktails lag, die er sich gegönnt hatte. In solchen Momenten konnte es vorkommen, daß seine ansonsten wohlweislich unter Verschluß gehaltene Neigung zum Singen hervorbrach. Prompt stimmte er das Lied von dem Fuchs an, der die Gans gestohlen hat.

»Leise«, zischte ihm Juliane zu.

»Wieso denn? Mein rostiger Belcanto versöhnt alle Nachbarn, die momentan böse mit uns sind. Sonst wird dich der Jäger holen mit dem Schießgewe-he-hehr«

»Bruno, du solltest wissen, daß mir die Angelegenheit mit Gustav schwer im Magen liegt!«

Statt darauf einzugehen, drückte er ihr einen Kuß auf die kalte Nasenspitze. Dann fiel ihm unvermittelt die sogenannte Gänsekantate ein, die seine Großmutter früher oft und gerne gesungen hat: »Was machen wir Gänse am Martinstag? Gi, ga, gack! Man führt uns aus dem Stall hinaus in einem fetten Martinsschmaus, gi, ga, gick! Und bricht uns das Genick.«

»Leise«, sagte Juliane wieder. »Was du da singst, hat leider keine erkennbare Melodie, außerdem wirst du noch die Kinder wecken. Gib mir doch mal den Haustürschlüssel.«

Er begann, in seinen Taschen herumzukramen. »Weißt du was? Ganz plötzlich habe ich das Bedürfnis, unserem verehrten Herrn Nachbar ein Ständchen zu bringen.« Bevor sie überhaupt begreifen konnte, wie ihr geschah, zog er seine Frau an der Hand vor die Roseboomsche Haustür und leitete seine Darbietung mit einem dröhnenden »mimimi« ein.

»Meine Güte, du bringst uns in Teufels Küche!« flüsterte Juliane erschrocken, »laß uns schnell verschwinden, bevor Roseboom wach wird!«

»Aber das wird er nicht«, meinte Bruno im Brustton der Überzeugung, »ach bitte, laß mich singen.«

»Nein. Wir gehen jetzt.« Heftig zerrte Juliane an

dem Schlüsselbund in seiner Hand, zerrte an seinem Ärmel, zerrte nach Leibeskräften, um Schlimmes zu verhindern.

Davon wurde leider Gustav wach. Und als dann das Schlüsselbund gegen das metallene Garagentor schepperte, sah der Gänserich sich gezwungen, eine sofortige wiederholte und markerschütternd laute Alarmmeldung loszulassen.

In jäher Ernüchterung blickte Bruno seine Frau an. »Nichts wie weg hier!«

Sie erreichten ihre eigene Haustür noch rechtzeitig, bevor nebenan das Licht anging. Außer Atem und sehr aufgeregt standen sie voreinander in der dunklen Diele und lauschten, ob nun ein erboster Roseboom oder gar ein Streifenwagen auftauchen würde – doch nichts geschah. Gustav schwieg auch wieder, auf der Straße blieb alles still, und kurz darauf erlosch bei ihren Nachbarn das Licht.

Am nächsten Morgen fiel das Aufstehen schwer. Während des Frühstücks hockten beide Kinder im Schlafanzug auf der Küchenbank und redeten auf ihren verschlafenen Vater ein, endlich einen Weihnachtsbaum zu besorgen. Mitten in der Diskussion klingelte jemand. Juliane warf einen Blick durch das Fenster.

»Hoher Besuch«, meinte sie trocken, »aber diesmal

hat er seine Gattin vorgeschickt. Was könnte sie denn nur von uns wollen?«

Bruno verzog angewidert das Gesicht. »Bitte wimmele sie einfach ab, ja?«

Schließlich war es Gina, die aufstand. Ihre ewig rutschende Schlafanzughose hochziehend hopste sie zur Tür, stand aber einen Moment später schon wieder in der Küche. Sie schaute ihre Eltern ernst an: »Frau Roseboom will euch sprechen. Und sie hat Kekse für uns mitgebracht.«

»Sie hat Kekse mitgebracht?« Verblüfft wechselte Juliane einen Blick mit ihrem Mann.

»Ja, Kekse, sogar ganz viele!«

Das Ereignis war so unerhört, daß sich auch Tim und Bukowski bemüßigt fühlten, Richtung Haustür zu wandern. Noch unerhörter war, daß ihnen tatsächlich eine strahlende Elisabeth Roseboom ohne Küchenschürze entgegenkam. Auf ihren ausgestreckten Händen ruhte eine Gebäckschale respektabler Größe, gefüllt mit Lebkuchen, Heidesand, Anisplätzchen, Dominosteinen und Vanillekipferln.

»Guten Morgen! Diesen bunten Teller wollte ich Ihnen als kleines Dankeschön vorbeibringen, auch im Namen meines Mannes.«

Juliane und Bruno verstanden nun gar nichts mehr. Fragend blickten sie die Nachbarin an.

»Ihre Gans hat wirklich ein Meisterstück vollbracht«, plauderte sie weiter, »wenn ich nur daran denke, was alles hätte gestohlen werden können.«

»Was ... meinen Sie?« erkundigte sich Juliane. Heimlich tastete sie nach Brunos Hand.

»Ja, haben Sie etwa von den beiden Einbrechern nichts mitbekommen?«

Bruno hatte immer noch nicht seine Sprache wiedergefunden. Juliane war zwar ähnlich verblüfft, aber ihr gelang es immerhin »Nein, Frau Roseboom, was ist bloß passiert?« auszurufen.

»Also, heute nacht gegen halb zwei hat mich mein Mann geweckt. Da draußen seien Geräusche, sagte er, gleich darauf fing Gustav an zu schreien. Und dann schaute Franz aus dem kleinen Fenster im Treppenhaus.«

»Und da waren wirklich Einbrecher?« unterbrach sie Tim ehrfürchtig.

»Gleich zwei!« Aufgeregt ließ Elisabeth Roseboom die Gebäckschale sinken. »Sie hatten sich gerade an unserer Haustür zu schaffen gemacht. Als Gustav sie hörte und laut wurde, sind sie wie der geölte Blitz weggerannt, wahrscheinlich durch einen der Gärten Richtung Hauptstraße. Es war sinnlos, die Polizei zu rufen.«

»Schade, daß Sie die beiden Gauner nicht geschnappt haben«, sagte Juliane und hielt für einen Moment die Luft an, um nicht loszulachen.

Frau Roseboom war wirklich überglücklich. »Wenn Ihre Gans nicht gewesen wäre ...! Ach, der Schrecken steckt mir noch immer in den Gliedern. Wiedersehen und ein schönes Wochenende.« Sie wandte sich zur Tür.

Für den Rest des Tages waren die Kinder kaum noch zu bändigen. Gustav hatte Einbrecher verjagt, *ihr* Gustav, den niemand leiden konnte und dessen pure Existenz die gesamte Straße störte! Ein klarer Beweis dafür, daß für ihn keine andere Bewertung als »vorzüglich« in Frage käme. Tim ging sogar so weit, seinen Sheriffstern mit dem Namen »Gustav« zu beschriften und ein Bändchen hindurch zu ziehen. Der Gänserich jedoch war entschieden dagegen, daß man ihm einen Orden umhängte. Schimpfend nahm er Reißaus.

»Das hast du klasse gemacht«, jubelte Gina ihm nach, »und wenn du groß bist, dann wirst du Gänsekommissar.«

Selbstverständlich verfütterten die Kinder mindestens die Hälfte des Roseboomschen Gebäcks an ihre Wundergans. Daß sie davon keine Magenbeschwerden bekam, sprach für die Qualität der Kekse.

6.

Am Wochenende erschien Großmutter Gerber. Sie schenkte jedem Kind eine Tafel Vollmilchschokolade, verzehrte mit großem Genuß drei Scheiben Christstollen und verlangte anschließend nach einem Likörchen. Den Anblick des friedlich herumwatschelnden Gänserichs fand sie nur wenig überraschend.

»Na, seid ihr offenbar doch noch zur Vernunft gekommen, Kinder«, teilte sie Bruno und Juliane mit, »seit Jahren rede und rede ich, daß diese tiefgefrorenen Gänse aus dem Supermarkt nichts taugen, aber wie ich sehe, habt ihr endlich dazugelernt. Es geht doch nichts über eine ordentliche, hiesige Gans, die ganz frisch zum Fest geschlachtet wird, nicht wahr? Heiligabend dürft ihr also wieder mit mir rechnen.« Zufrieden griff sie in die blaue Keramikschale, die mit selbstgebackenem Gebäck gefüllt war. »Übrigens, Juliane, in dem Lebkuchen ist zuviel Koriander.«

Tims Gesicht hatte sich etwa in der Mitte ihrer Ausführungen bewölkt. Das Wort »schlachten« machte ihn von Tag zu Tag nervöser. Man mußte es nicht einmal aussprechen; Gustav anzusehen und gleichzeitig an Weihnachten zu denken reichte schon aus. Und die Anzahl der geschlossenen Türchen auf seinem Adventskalender nahm schnell ab, so gnadenlos schnell, als öffneten sich täglich zwei Türchen auf einmal. Mit einer steifen Bewegung des Armes legte er den Lebkuchen, den er sich genommen hatte, in die Schale zurück.

»Tim, was ist?« rief seine Großmutter, »du mußt essen, damit du was auf die Rippen bekommst! Der Watschelmann da draußen soll ja auch ordentlich futtern.« Aufmunternd kniff sie ihr Enkelkind in den mageren Oberarm.

Genau wie bei Hänsel und Gretel, dachte Tim mit klopfendem Herzen. Erst mästen, dann die Speckschicht prüfen, und dann ...

»Ob ich mal rausgehe und Gustav Gesellschaft leiste?« fragte er seine Mutter leise.

»Unfug«, belustigte sich seine Großmutter, »das ist doch nur eine Gans, die bald in die Röhre kommt.«

»Nein, Gustav kommt nicht in den Backofen«, sagte er mit lodernden Augen, »Gustav nicht!«

»Frikadellen ißt du doch auch, ohne das Schwein zu beweinen, das sein Fleisch dafür hergeben mußte, oder etwa nicht? Übrigens, Gänsefleisch ist sehr gesund. Durch Einstechen der Haut vor dem Zubereiten kann man erreichen, daß kaum mehr Kalorien übrigbleiben als bei einer Lammkeule.«

»Laß' gut sein, Dora«, warnte Bruno, »wir haben es hier mit einem äußerst sensiblen Thema zu tun, also überfordere Tim bitte nicht.«

Tim starrte auf seine Knie. Als er nach einer langen Minute den Kopf hob, standen Tränen der Wut und der Verzweiflung in seinen Augen. »Ich esse keine Familienmitglieder!« schleuderte er seiner Großmutter entgegen, »und ich esse nichts, was einen Namen hat, und überhaupt werde ich nie wieder ein Stück Fleisch essen!« Damit rannte er aus dem Wohnzimmer. Juliane war sofort auf den Beinen und folgte ihm.

»Da hast du's, Mutter«, sagte Bruno ärgerlich, »jetzt ist er wieder stundenlang nicht ansprechbar.«

Ohne jedes Verständnis schüttelte Dora Gerber den Kopf. Als er ein junger Bursche gewesen sei, habe er doch auf dem Bauernhof jedes Jahr aufs neue die Schlachtung von Kuh, Schwein und Geflügel miterlebt, sagte sie, und das, ohne Schaden zu nehmen. »So ist die Natur nun einmal. Auch Tim muß das lernen!«

»Aber *wie* er das lernt, darfst du ruhig uns überlassen«, brummte Bruno und entschied sich zu einem Themawechsel. »Gina, wollen wir zusammen Quartett oder Schwarzer Peter spielen?«

Die Kleine hatte das Gespräch mit ernstem Gesicht

verfolgt, sich aber bislang jeder Äußerung enthalten. Nun stand sie auf und legte ihrer Oma die Tafel Schokolade in den Schoß. »Da, die kannst du selber essen. Du willst Gustav totmachen, obwohl er die Einbrecher verjagt hat.«

Sie verschwand. So blieben nur noch Bruno, seine Mutter und der Hund Bukowski im Wohnzimmer zurück.

»Deine Familie scheint so kurz vor Weihnachten richtig hysterisch zu werden«, bemerkte Dora spitz, woraufhin Bruno nur mit den Achseln zuckte und aus dem Fenster starrte. Gustav dekorierte gerade die Terrasse mit zwei frischen grasgrünen Klecksen. »Ich schlage vor, wir vergessen dieses Jahr die neumodischen Ideen, die Juliane beim Kochen immer hat, und füllen sie ganz klassisch mit Äpfeln.«

»Wen?« sagte Bruno abwesend.

In diesem Moment kehrte Juliane ins Wohnzimmer zurück. Sichtlich um Fassung ringend, beugte sie sich zu Bruno hinunter und flüsterte ihm ins Ohr, Tim sei bereits im Begriff gewesen, seine Sachen zu packen und mit Gustav auszureißen; Gina wolle gleichfalls ausreißen und habe als Ziel Afrika ins Auge gefaßt, wisse nur nicht so ganz, wie man dahin komme. »Wir müssen sofort etwas tun«, raunte sie ihm zu. »Als erstes mußt du Dora wegschicken. Du weißt, wieviel Sitzfleisch sie hat, von selber wird sie niemals gehen.«

»Es gehört sich nicht, in Anwesenheit anderer Leute zu flüstern«, stellte Dora mit hochgezogenen Augenbrauen fest, »Bruno, gib deiner Mutter noch ein Likörchen.«

Das ist nicht fair, dachte er wieder einmal. Als ob diese elende Gans nicht schon genug Schaden angerichtet hätte! Der Garten war ruiniert, Terrasse und Garage nicht minder, und nun kam auch noch Dora und redete so lange unbedacht daher, bis seine Kinder fliehen wollten. Stumm fragte er seine Frau, womit er das eigentlich alles verdient habe, und Juliane antwortete ebenso stumm, so sei das Leben nun einmal.

»Liebe Dora«, begann er, »es war wirklich schön, dich wieder einmal hier zu haben, und ...«

In diesem Moment wurde er von seiner Mutter unterbrochen, der die Füllung der Gans offenbar keine Ruhe ließ. Ob Juliane mit klassischen Äpfeln einverstanden sei?

Ihre Schwiegertochter saß wie auf Kohlen. Sie ahnte, daß es Bruno schwerfallen würde, sich auf elegante, aber rasche Weise aus der sonntäglichen Umklammerung seiner Mutter zu befreien. Zeit war jedoch etwas, was ihr in Anbetracht der Situation nicht unbegrenzt zur Verfügung stand. Nun gut, dachte sie, dann eben die Holzhammermethode. Dora konnte sie es ja ohnehin nicht recht machen.

»Dora«, sagte Juliane also fest, »bitte nimm es uns nicht übel, aber Bruno und ich müssen dich jetzt bitten, zu gehen. Wir haben gerade ein Problem mit den Kindern, das dringend besprochen und gelöst werden muß.«

Doras anklagender Blick legte sich auf ihren Sohn. Bruno jedoch streckte nur die Hand aus, um ihr aus dem Sofa hochzuhelfen. Mit verkniffenem Gesicht ließ sie sich zur Tür begleiten. Erwähnte ganz plötzlich, der nette Herr Metz von gegenüber sei richtiggehend erpicht darauf, den Heiligabend mit ihr zu verbringen, und in Anbetracht der Umstände ... Diesen letzten Satz ließ sie auf wirkungsvolle Weise unvollendet. Endlich schloß sich die Haustür hinter ihr.

Tim verweigerte das Abendbrot. Nach einem längeren Gespräch mit seinen Eltern war er zwar zu einem kleinen Käsebrot zu überreden, den Wurstteller jedoch schob er an die äußerste Tischkante. Und aus dem Hot Dog, den Juliane zubereitet hatte, zog er das Würstchen heraus und legte es schweigend seiner Mutter auf den Teller. Bruno brauste auf, Juliane redete gut zu, doch nein, niemals wieder in seinem ganzen Leben werde er ein Würstchen essen. Es folgte ein Verzicht auf sämtliche Weihnachtsgeschenke in den kommenden zwanzig Jahren, wenn nur Gustav nicht ... Neue Tränen flossen.

Eine Stunde später hatten sich alle Auswanderungspläne erledigt, und Tim und Gina schliefen tief und fest in ihren Betten. Zum Glück waren die Kinder doch einigermaßen leicht zu beruhigen gewesen. Ein Vorschlag Tims, mit verheulten Augen geäußert, ein verhaltenes Lächeln seiner Mutter – und schon war für die Kinder alles beschlossene Sache. Während Juliane sich etwas später erleichtert an den Resten des Christstollens gütlich tat, wirkte Bruno ungewohnt schweigsam.

»Liebster, wenn du wüßtest, wie froh ich bin, daß wir das hinter uns haben. Nie wieder hätte Tim uns verziehen«, sagte Juliane. Mit Daumen und Zeigefinger sammelte sie die letzten Krümel auf, dann legte sie sehr zufrieden ihren Kopf an Brunos Schulter. »Eigentlich bemerkenswert, daß Dora überhaupt noch etwas vom Gebäck übriggelassen hat. Deine Mutter war ja heute mal wieder in Hochform. Bruno, du bist so still, was ist los mit dir?«

Ärgerlich setzte er sich auf. »Ist dir eigentlich klar, in was für Schwierigkeiten du uns eben geritten hast?«

Das Gegenteil sei doch der Fall, versicherte Juliane arglos. Angesichts der Tatsache, daß die Kinder ihre Angst verloren hätten, könne man durchaus von einem Erfolg auf ganzer Linie sprechen und sich auf ein entspanntes Weihnachtsfest freuen.

»Du hättest das unbedingt vorher mit mir absprechen müssen. Oder glaubst du im Ernst, ich mache dieses alberne Spielchen mit, das Tim sich da ausgedacht hast? Nein, Juliane, ich weigere mich.«

»So«, erwiderte Juliane kühl, »du weigerst dich also.«

»Ich halte es für ausgesprochen verlogen, Gustav das Leben zu schenken und statt dessen eine andere, anonyme Gans in die Bratröhre zu schieben, insbesondere, da die Damen und Herren Kinder bis auf weiteres kein Fleisch mehr zu essen gedenken. Diese andere Gans hat nämlich genau so wenig oder genau so viel eine Seele wie das Vieh draußen im Garten. Und was du da vorhin im Alleingang entschieden hast, zwingt mich leider zu einer Vielzahl von Lügen. Denn nun muß ich behaupten, Gustav verschont zu haben, und ihm heimlich irgendwo im Wald die Gurgel umdrehen, und ...«

»So etwas Unmenschliches würdest du fertigbringen?« Juliane starrte ihn an.

»Gustav ist nur eine Gans. Ein Nutztier, Juliane! Damals auf dem Land gehörte der Tod zum Leben. Kälbchen und Ferkel wurden geboren, wochenlang spielten wir Kinder mit den niedlichen Viechern, und dann verschwanden sie irgendwann spurlos. Dora hat absolut recht: So ist die Natur, und Tim muß das lernen. Vorhin habe ich nur nichts dazu gesagt, weil ich dem Jungen nicht in den Rücken fallen wollte.«

Juliane rückte ein Stück ab. Sie war des Themas nicht

nur müde, sondern ehrlich erschüttert, wie hartherzig ihr Mann sich aufführte.

»Juliane, nun sei doch nicht so stur! In China essen sie Hunde, am Ganges krepieren Menschen, aber die heiligen Kühe überleben, ach, es gibt da Beispiele reichlich, auch hierzulande. Du brauchst doch nur an die armen Hühner in den Legebatterien zu denken! Wo also fängt die Menschlichkeit an, wo hört sie auf?«

Juliane stand auf. Sie fühlte sich innerlich ausgelaugt und wollte nicht mehr diskutieren, weder über heilige Kühe noch über die Gans. »Warum hast du dich eigentlich den ganzen Monat über so für Gustav eingesetzt und dich für ihn stark gemacht?«

»Das war eine Frage des Prinzips. Ich lasse mir doch nicht von irgendwelchen Nachbarn vorschreiben, wie ich zu leben habe.«

Sie blies die Kerzen des Adventskranzes aus. »Bruno, ich finde, du solltest dir schleunigst ein paar Gedanken darüber machen, wie du deinem Sohn und deiner Tochter in Zukunft in die Augen sehen willst. Gute Nacht.«

»Das laß' nur meine Sorge sein«, rief er ihr nach, bevor die Wohnzimmertür ins Schloß fiel, »im übrigen habe *ich* die Gans gewonnen, nicht die Kinder, also habe ich auch ein Recht auf meinen Gänsebraten!«

7.

Der nächste Tag schlich vorüber. Gleich nach dem Frühstück rief Dora an und verkündete, die Einladung von Herrn Metz annehmen zu wollen. Allerdings würde sie den ersten Weihnachtstag gerne bei ihrem Sohn verbringen, vorausgesetzt, sie sei überhaupt erwünscht. Den nadelspitzen Unterton geflissentlich überhörend, versicherte Bruno, die ganze Familie freue sich sehr auf ihren Besuch. Ob er am morgigen Vormittag die Kinder vorbeibringen dürfe? Warum die vorübergehende Abwesenheit ihrer Enkel nötig sei, könne sie sich ja wohl denken.

Während er später im Keller allerlei Aufräumarbeiten nachging und den Weihnachtsbaum zurechtmachte, packte Juliane Geschenke ein. Sie kaute immer heftiger auf ihrer Unterlippe herum, konnte kaum noch damit aufhören, lauschte mit einem Ohr dem Schnattern des Gänserichs und wünschte sich nichts sehnlicher, als daß Bruno niemals zu jener verhängnisvollen Martinsfeier gegangen wäre.

Ab morgen würde wieder Stille im Garten herrschen. Totenstille. Es sei denn ...

Natürlich konnte sie Brunos Argumentation folgen, dazu bedurfte es ja nur einer Handvoll funktionierender Gehirnzellen. Aber ebenso gut verstand sie die Kinder. Wer hatte denn nun recht – Herz oder Verstand?

Am späten Vormittag kehrten Tim und Gina lärmend und aufgeregt aus der Schule zurück. Endlich Weihnachtsferien! Sie verlangten Tesafilm und Geschenkpapier, Türen wurden verriegelt, im Obergeschoß brach geheimnisvolle Ruhe aus. Und Juliane, die all diese Rituale liebte, weil sie nun einmal für »Weihnachten mit Kindern« standen wie sonst kaum etwas, konnte sich noch immer nicht freuen.

Was Brunos vorweihnachtliche Stimmung anging, so schwieg er sich aus.

Dann brach der 23. Dezember an. Es ist soweit, dachte Juliane und sah zu, wie Bruno die Kinder ins Auto lud. Als er wenig später den Wagen wieder in der Garageneinfahrt abstellte, hatte seine Frau das Haus mit unbestimmtem Ziel verlassen. Bruno sammelte alle Utensilien zusammen, die er brauchen würde, holte den großen Karton, in dem man Gustav geliefert hatte, und trat ans Wohnzimmerfenster. Sein Blick wanderte über die schlammige Parzelle, die einmal ein wunderschöner Garten gewesen war. Ganz rechts auf der über und über mit Klecksen bedeckten Terrasse begann der Gänserich sein Gefieder zu putzen. »Naagnaag«, murmelte er mit verbogenem Hals.

Bruno atmete tief durch. Ohne die Augen von Gustav zu nehmen, streifte er sich Handschuhe über und faltete die Decke auseinander. Dann trat er ins Freie.

Gegen Mittag kehrte Juliane nach Hause zurück. Keine Sekunde länger hätte sie es in der überfüllten Innenstadt ausgehalten, wo niemand sich friedlich auf Weihnachten zu freuen schien, sondern nur Hektik und Einkaufsstreß herrschten. Die unablässig aus den Lautsprechern jubilierenden Knabenchöre gaben ihr den Rest, besangen sie doch ausnahmslos Weihnachtsgefühle, die ihr, Juliane, in diesem Jahren verwehrt bleiben würden. Alles geheuchelt, alles falsch. Sie ließ ihren Mantel fallen und rannte durch den Flur zum Wohnzimmerfenster.

Der Garten lag still und leer vor ihr. Gustav war nicht mehr da.

Kurz darauf warf Bruno sein Schlüsselbund auf die Kommode, das gewohnte Zeichen für seine Rückkehr. Juliane reagierte nicht, sondern fuhr fort, einen Rotkohl zu zerkleinern. Alles würde so sein, wie Bruno es sich vorstellte: Gänsebraten, Rotkohl, Kartoffelklöße. Wieder und wieder trieb sie mit mechanischen Bewegungen das Messer durch den Kohl.

»Juliane?« rief er und spähte durch die Küchentür.

Sie sah nicht auf. Ließ nur für einen Moment das Messer sinken.

»Ach, Juliane –«

Wider Willen drehte sie sich nun doch um, anklagend, enttäuscht – und stellte fest, daß interessanterweise auch Brunos Äußeres gelitten hatte. Auf seiner rechten Wange leuchtete eine tiefe Schramme, seine Stirn war ebenso zerkratzt wie seine Hände, und an einem seiner Jackenärmel spreizte sich ein ordentlicher Riß.

»Du siehst nett aus«, sagte Juliane, »geschieht dir aber ganz recht, du Henker. Übrigens, zubereiten mußt du deinen Braten selber. Ich stehe nicht zur Verfügung, nur daß du es weißt.«

»Was für ein Braten?« erwiderte Bruno grimmig und schob seine Ärmel hoch, um sich die Hände zu waschen. »Siehst du hier vielleicht irgendwas, was Ähnlichkeit mit einem Braten hätte?«

Juliane hielt inne. Mit gerunzelter Stirn betrachtete sie seinen mahlenden Unterkiefer. Warum knirscht er nur so heftig mit den Zähnen, dachte sie, nach getaner Arbeit müßte er doch eigentlich durch und durch zufrieden sein?

»Sag mal, Bruno –«

»Ja?«

»Ist Gustav ... Hast du ihn ...«

Sorgfältig trocknete er sich die Finger ab. »Nein, ich habe ihn nicht. Menschenskind, meine Hände sehen aus, als hätte ich mit Rosebooms Katze gekämpft.«

Sie baute sich vor ihm auf. Zupfte an seiner Jacke herum, wie Gina es so häufig tat, wenn sie aufgeregt war. »Bruno, nun sag mir endlich, was mit Gustav passiert ist!«

»Nichts ist mit ihm passiert.« Plötzlich überzog ein Lächeln sein lädiertes Gesicht, ein Lächeln voller Selbstironie und komischer Verzweiflung. »Glaubst du vielleicht, das Biest hätte mich rangelassen? In den Karton habe ich ihn ja noch gekriegt, aber als ich im Wald den Deckel öffnete, drehte er völlig durch. Gebissen hat er mich, und dann ist er abgehauen. Ich bin immer hinter ihm her, mitten durchs Gestrüpp. Jedesmal, wenn ich ihn fast erwischt hatte, flatterte er laut schimpfend weiter. Und dazu diese vorwurfsvollen, strafenden Blicke!«

Juliane lächelte. Sie konnte sich die wilde Verfolgungsjagd im Wald sehr plastisch vorstellen. Belustigt legte sie ihren Kopf an Brunos Schulter. »Das heißt, er treibt sich noch immer im Unterholz herum?«

»Das wäre ja noch schöner«, brummte er. »Vielleicht kannst du angesichts meiner Verletzungen deine Schadenfreude etwas zügeln?«

»Entschuldige, Liebling«, lachte Juliane, »bitte erzähl weiter!«

»Also, nach einer halben Stunde gelang es mir endlich, die Decke über Gustav zu werfen und ihn mir zu schnappen. Und dann ... dann hatte ich keine Lust mehr auf einen Nahkampf. Ich habe ihn also in den Karton gestopft und zum Bauern gebracht. Da kann er jetzt schnattern und kreischen, so viel und so lange er will. Und zwei attraktive Gänsedamen kriegt er auch noch dazu.« Mit einem erschöpften Seufzer strich er ihr über die Haare. »Hat allerdings eine Kleinigkeit gekostet, doch das war mir egal. Diese dumme, blöde Gans!«

Er hat sich erweichen lassen, dachte Juliane selig, er hat es doch nicht übers Herz gebracht, Gustav zu schlachten.

»Frohe Weihnachten«, flüsterte sie.

»Gleichfalls«, flüsterte er zurück, »aber morgen werden wir wohl hungern, fürchte ich.«

Juliane küßte ihn auf den Mund. »Werden wir nicht. Allerdings solltest du dir allmählich eine plausible Erklärung zurechtlegen, warum du so bejammernswert aussiehst. Die Kinder werden sicherlich Fragen stellen.«

8.

Not macht bekanntlich erfinderisch. Nach dem Kaffeetrinken, das endlich von jener gelösten Stimmung geprägt war, nach der Juliane sich so lange vergeblich gesehnt hatte, zog sie sich mit einem Stapel Kochbücher an den Küchentisch zurück. Die Preisfrage lautete: Was macht eine vierköpfige Familie, der kurz vor Heiligabend das Festmahl abhanden kommt, zumal wenn der Ehemann Gänsebraten über alles liebt, die beiden Sprößlinge sich jedoch neuerdings weigern, Fleisch zu essen?

Keine halbe Stunde später erklang ein triumphierender Jubelruf aus der Küche. Mit unbändigem Vergnügen schrieb Juliane einen Einkaufszettel. Fast alles, was sie brauchte, würde sie im Supermarkt um die Ecke bekommen. Ach, eigentlich war die Sache furchtbar einfach gewesen. Wie bei allen großen Erfindungen der Menschheit hatte man nur darauf kommen müssen.

Bruno und die Kinder reinigten zu diesem Zeitpunkt Terrasse, Garten und Garage. Draußen war es zwar kalt, und die Tätigkeit bereitete wenig Vergnügen, doch niemand beschwerte sich. Hauptsache, Gustav zählte nicht zu den Opfern des Weihnachtsfestes.

Nach dem Mittagessen holten Tim und Gina ihre Fahrräder aus der Garage. »Wir fahren mal eben zum Bauernhof, okay?«

»Was um alles auf der Welt wollt ihr denn da?« Bruno verschanzte sich hinter seiner Zeitung. Er war ganz und gar nicht in Form. Seit er beim Abspritzen der Terrasse nasse Füße bekommen hatte, fröstelte er am ganzen Körper, zum anderen schien ihm, als gäbe es momentan kein anderes Thema auf dieser Welt als Weihnachtsgänse. Da, schon wieder! Mit schmalen Augen überflog er das Rezept für die Zubereitung einer sogenannten »Pommerschen Hochzeitsgans«. Schmeckte gewiß ausgezeichnet. Nun ja, vorausgesetzt, man *hatte* eine Gans.

»Wir wollen Gustav besuchen«, erklärte Tim mit einem strahlenden Lächeln, »was sonst? Die übriggebliebenen Kartoffeln vom Mittagessen nehmen wir übrigens für ihn mit.«

Bruno fand es himmelschreiend ungerecht, daß Gustav, seine rechtmäßig gewonnene Weihnachtsgans, sich auf dem Bauernhof amüsierte und von lieben Besuchern auch noch Lunchpakete mitgebracht bekam, während er, Bruno, bratenlos würde darben müssen. »Schönen Gruß«, murmelte er säuerlich. Und einerlei, was er tat oder dachte – für den Rest des Tages ließ ihm das Thema »Festessen« keine Ruhe. Sogar bis ins Bett verfolgte es ihn. »Liebling, was gibt es denn nun morgen nach der Bescherung?« flüsterte er, nachdem er die Nachttischlampe ausgeschaltet hatte.

»Wird nicht verraten.« Juliane drehte sich zur anderen Seite.

»Lammkeule? Fasan? Rehrücken?« Allein der Gedanke ließ ihm das Wasser im Munde zusammenlaufen. Ob im Vorratsschrank vielleicht noch ein Gläschen Ardenner Pastete aufzutreiben war?

»Nein. Gib dir keine Mühe, ich schweige wie ein Grab.«

Daraufhin nahm Bruno sich heimlich vor, morgen Tim und Gina zu befragen. Er war überzeugt, daß Juliane den Kindern gegenüber etwas mitteilsamer sein würde, irrte sich aber wieder einmal.

»Noch neun Stunden bis zur Bescherung«, sagte Gina anderntags beim Frühstück, »neun Stunden sind soooo lang! Du, Mama, was gibt es eigentlich nachher zu essen?«

Juliane legte nur lächelnd ihren Zeigefinger an die Lippen. Dann forderte sie Bruno und die Kinder auf, das Wohnzimmer aufzuräumen und fürs Fest herzurichten. Sie selber sei anderweitig beschäftigt.

»Und was machst du in der Zeit?« rief Bruno ihr hinterher.

»Kochen. Was sonst?« Schon zog sie die Küchentür hinter sich zu, der Schlüssel drehte sich im Schloß. Und dabei blieb es auch.

Es war nichts zu machen. Ab und an schickte Bruno eins der Kinder unter fadenscheinigen Begründungen in die Küche – mal forderte er Gina auf, ein Messer zu holen, mal sollte Tim nach Bindfaden suchen –, doch Juliane durchschaute die Sache sofort; sowohl Messer als auch Schnur wurden in Sekundenschnelle durch die spaltbreit geöffnete Türe geschoben. Als Bruno sich schließlich dazu genötigt sah, selber vor der Küche Position zu beziehen, hörte er Juliane leise summend hantieren. Fett zischte in einer Pfanne, Wasser sprudelte. Was auch immer sie da auch zubereitete, es roch appetitlich und sehr würzig. Aber zu sehen bekam er leider nichts.

»Ich weiß genau, daß du da draußen lauerst!« tönte es plötzlich aus der Küche. Dann wurde das Schlüsselloch von innen verhängt.

Gemeinsam schmückten sie am frühen Nachmittag den Baum. Ginas Ungeduld wuchs mit jeder Viertelstunde, die verstrich. Schließlich fing es draußen an zu dämmern, die Wartezeit neigte sich dem Ende zu. Nach dem Weihnachtsgottesdienst wanderte Familie Gerber sehr aufgeräumt ihrem Reihenhaus entgegen. An Bäumen und Schaufenstern blinkten unzählige Lichterketten. Besonders Juliane wurde es warm ums Herz.

»Frohe Weihnachten!« Frau Roseboom winkte aus dem Küchenfenster des Nachbarhauses.

»Frohe Weihnachten!« schallte es gleich vierfach zurück.

Juliane beeilte sich, in der Küche die letzten Vorkehrungen zu treffen. Und dann war es – endlich – Zeit für die Bescherung. Tim bekam unter anderem eine kabellose Computermaus, und Gina das ersehnte neue Fahrrad. Was Juliane und Bruno betraf, so schenkten sie sich seit vier Jahren traditionell eine Wochenendreise in eine europäische Großstadt, wobei das Ziel abwechselnd ausgesucht wurde. Dieses Mal war Bruno für die Planung zuständig gewesen.

»Barcelona!« staunte Juliane, als sie den Umschlag mit Prospekten und Reiseunterlagen geöffnet hatte, »also, darauf wäre ich nicht gekommen. Im März ist es dort bestimmt schon so warm, daß wir die Wintermäntel zu Hause lassen können. Ach, endlich kriege ich Gaudís ›Sagrada Familia‹ zu sehen!«

Zerknülltes Geschenkpapier und abgerissene Schleifen wurden weggeräumt, Heiligabendgemütlichkeit breitete sich aus. Alle waren beschäftigt, sogar Bukowski, der mit Hingabe an seinem neuen Hundeknochen *deluxe* herumnagte. Wunderschön ist das, dachte Juliane, eine prächtig geschmückte Tanne, Frieden im Haus, dazu der Widerschein von Lichterglanz in den Augen der Kinder – was will der Mensch mehr?

Ja, aber trotz der wunderbaren Stimmung brauchte der Mensch etwas zu essen. Schon gegen halb sieben, als feiner Duft das Haus zu durchziehen begann, waren die ersten dezenten Hinweise zu vernehmen, man habe Hunger.

»Mensch, riecht das lecker«, sagte Tim, als er gemeinsam mit seinem Vater den Tisch deckte, »wenn du wüßtest, wie gespannt ich bin, was es gleich gibt!«

»Und ich erst, mein Sohn. Juliane, wie lange dauert's noch?«

»Bin schon fertig.« Sie steckte den Kopf ins Wohnzimmer. »Habt ihr auch alle eure Hände gewaschen? Dann setzt euch hin und hört mir einen Moment zu. Bruno, was war es noch, was du unbedingt an Heiligabend essen wolltest?«

»Laß mich überlegen«, zwinkerte er ihr zu, »ich glaube, ich hatte irgendwann mal vage an einen Gänsebraten gedacht.«

»Keinen Gänsebraten!« krähte Gina, und Tim fügte ernst hinzu: »Gar kein Fleisch, Mama!«

»Schön. Dann wollen wir doch mal sehen, was das Christkind zu diesen schwierigen Wünschen sagt.« Ihr Kopf verschwand wieder.

Zwei Minuten später öffnete sich die Wohnzimmertür bis zum Anschlag, ein Backblech wurde sichtbar, mit feierlichem Gesicht trat Juliane ein. Den aufgeregt schnuppernden Bukowski neben den Beinen, trug sie das Backblech zum Tisch. »Verehrtes Publikum, ich bitte um Ihre geschätzte Aufmerksamkeit. Hier präsentiere ich Ihnen Anneliese!«

Unter verwirrtem Schweigen starrte ihre Familie auf das Blech. Was dort zwischen einer hübschen Dekoration aus grünem Blattgemüse ruhte, war ganz eindeutig eine Gans. Allerdings unterschied sie sich erheblich von dem Bild, das gebratene Gänse für gewöhnlich bieten, wenn man sie aufträgt. Weder reckte sie dem hungrigen Betrachter zwei amputierte Schenkel entgegen, noch war sie kopf-, hals- und federlos. Nein, diese Gans verfügte über sämtliche arttypischen Gliedmaßen und trug ein hübsches aufgeplustertes Federkleid. Davon abgesehen besaß sie auch noch einen Kopf mit braunen Knopfäuglein. Alles in allem erinnerte die Gans stark an Gustav, wenn er vor der Hundehütte gehockt und sein matschiges Revier bewacht hatte. Nur schneeweiß war sie eben nicht, eher goldbraun.

»Anneliese? Das ist Gustav, wie er leibt und lebt.« Bruno erholte sich endlich von seiner Verblüffung.

»Fast«, strahlte Juliane, »bis auf die Augenfarbe. Hat auch ganz schön lange gedauert, die Teigkruste so wirklichkeitsgetreu zu modellieren. Jede Feder mußte ich einzeln formen! Ein Glück, daß Tim noch die Linolschnittmesser aus dem Kunstunterricht im Schreibtisch hatte.«

Plötzlich fing ihr Sohn an zu maulen. »Mama, das esse ich nicht. Unter dem Teig ist doch ...«

»Kein einziges Gramm Fleisch«, unterbrach Juliane ihn. »Es handelt sich hier um die erste vegetarische Weihnachtsgans der Welt!«

Bruno stand auf und begann plötzlich schallend zu lachen. »Juliane, du bist ein echtes Genie!« Und dann applaudierte er so lange, bis die beiden Kinder endlich alles begriffen und ebenfalls begeistert zu klatschen begannen. Schließlich nahm er ihr das Backblech aus den Händen und setzte es mitten auf dem Tisch ab. »Wenn ich diesen Vogel richtig einschätze, dann werden wir das Tranchierbesteck heute wohl nicht brauchen, stimmt's?«

»Stimmt. Anneliese ist gefüllt mit Gemüse, Grünkern und vielen anderen guten Sachen. Kein Skelett, keine Knochen, keine Abfälle ...«

Anneliese schmeckte köstlich, sowohl die Kruste aus feinstem Mürbeteig als auch die fleischlose Füllung und die Beilagen. Juliane hatte ganze Arbeit geleistet. Und obgleich Bruno den Geschmack einer echten Weihnachtsgans nicht wiederfand und ihn trotz allen Wohlgeschmacks heftig vermißte, so überspielte er dies souverän. Den Kindern fehlte es an nichts, im Gegenteil, beide kauten mit vollen Backen und verlangten alsbald eine zweite Portion.

Erst nach der dritten Portion ließ Tim es ein wenig langsamer angehen. Ein wenig Platz für Nachtisch mußte schließlich auch noch bleiben. »Du, Mama, wie spät ist es eigentlich?«

»Gleich neun. Übrigens, Tim, vorhin wollte ich dir die Linolschnittmesser ...«

»Moment«, wie elektrisiert sprang der Junge auf, »da fällt mir was ein – bin gleich wieder da.«

Zwei Stufen auf einmal nehmend jagte er die Treppe hinauf. Doch schon zwei Minuten später saß er wieder auf seinem Platz, ließ hastig seine Serviette auf den Schoß fallen und knabberte weiter Mürbeteig.

»Warum hattest du es denn gerade so eilig?«

»Ach, ich mußte nur schnell etwas nachsehen.« Während er oberhalb des Tisches seiner Mutter ein bezauberndes Lächeln schenkte, trat er unter dem Tisch seiner Schwester unauffällig gegen das Schienbein; eine Kombination, die er so häufig geübt hatte, daß sie sogar im Schlaf noch geglückt wäre. »Gibt's eigentlich keinen Nachtisch?«

»Gab es in diesem Haus schon mal einen Heiligabend *ohne* Nachtisch?« erwiderte Juliane fast entrüstet. »Also, um das Thema ›Linolschnittmesser‹ zu Ende zu bringen: Vorhin wollte ich sie zurück in die Schreibtischschublade legen. Ging aber nicht, weil dein Zimmer abgeschlossen war. Das ist aber jetzt nach der Bescherung nicht mehr nötig, du zerstreuter Professor!«

»Okay.« Tim warf seiner Schwester einen undefinierbaren Blick zu. Dann stand er erneut auf und begann, den Tisch abzudecken, ohne jede Aufforderung. Gina rutschte gleichfalls von ihrem Stuhl. Sie machte Anstalten, die schwere Servierplatte vom Tisch zu ziehen, wurde aber im letzten Augenblick von ihrem Bruder gebremst. »Laß sein, Gina, die Platte ist doch viel zu schwer für dich!«

Mit einem vielsagenden Blick in Richtung ihres Mannes seufzte Juliane auf. Zu schade, daß dieses chevaleske Verhalten hohen Feiertagen wie Geburtstagen und Weihnachten vorbehalten war.

Eine halbe Stunde später hatte die Familie auch mit dem Dessert abgeschlossen. Die Literpackung Vanilleeis: leer. Die Schüssel mit heißen Kirschen: leer. Die beiden Kinder: randvoll. Gina bekundete, sicherlich eine Woche nichts mehr essen zu können, vielleicht auch einen ganzen Monat lang. Was Tim betraf, so bat er lediglich darum, endlich aufstehen und in sein Zimmer gehen zu dürfen.

Gut gelaunt winkte Bruno die Kinder zu sich her. Seine Tochter zog er an sich und drückte ihr einen Kuß auf die Stirn, bei Tim hingegen begnügte er sich mit einem kollegialen Schulterklopfen. Aus leidvoller Erfahrung wußte er, dass dreizehnjährige Jungs in der Regel wenig empfänglich für Vaterküsse sind. »Selbstverständlich könnt ihr aufstehen. Du brennst sicherlich darauf, die Computermaus auszuprobieren, nicht wahr?«

Tim zögerte ein wenig. »Klar. Komm, Bukowski, wir gehen hoch, die Maus installieren.«

Bukowski hörte nur das Wort *Maus*, was für ihn Anlaß genug war, um begeistert an Tim hochzuspringen. *Maus* konnte man zwar niemals fangen, aber zumindest konnte man *Maus* jagen, und Jagen war etwas, was trotz aller Faulheit fest in seinem Hundeinstinkt verankert war. Zu dritt zogen sie ab, es wurde still im Wohnzimmer. Und Bruno nutzte die Gelegenheit, um Juliane sehr, sehr ausführlich zu küssen, bevor er ihr mitteilte, dieses Weihnachtsfest sei in der Tat etwas ganz Besonderes. Dann entkorkte er voller Zufriedenheit eine zweite Flasche Rotwein.

Ein Stockwerk höher öffnete Tim seinen Schreibtisch und entnahm ihm eine handgeschriebene Liste. »Bukowski, du paßt auf, ob jemand die Treppe hochkommt! Also, was sagt der Hund?«

»Wuff«, antwortete Bukowski folgsam.

»Braver Junge. Gina, du kontrollierst das Fenster!«

Die Kleine hopste an ihm vorbei. »Das Fenster ist zu, das sieht man doch! Ist der Scheck von der Kiuritih oder wie das heißt jetzt endlich fertig?«

Erstens hieße das security-check, verbesserte Tim, wobei er sich vor der Tür aufbaute, die sein Zimmer von der schmalen Abstellkammer unter der Dachschräge trennte. Zweitens – seine Stimme nahm den Tonfall eines gereizten Regisseurs an, dessen Anweisungen ständig über den Haufen geworfen werden –, zweitens sei der Sicherheitsaspekt von äußerster Wichtigkeit, das habe er nun schon mehrfach erklärt! Aus zwei Metern Distanz schickte er ihr einen drohenden Blick. »Hör' mir gut zu: Wenn du auch nur ein einziges Wort verrätst, dann passiert ein Unglück, klar?«

Natürlich wußte Gina Bescheid; kleinen Schwestern blieb auf dem Sektor »Fehler und deren Folgen« ja bekanntlich kaum etwas erspart. War es ihnen nach langem Bitten und Flehen tatsächlich einmal gelungen, zur Geheimnisträgerin ernannt zu werden, und es rutschte ihnen dann doch versehentlich auch nur eine halbe Silbe heraus, so drohten schärfste Strafen, mindestens jedoch die Anwendung mittelalterlicher Foltermethoden. Mit Verrätern hatten große Brüder nun einmal wenig im Sinn. »Klar«, flüsterte sie also und versuchte, ein verschwörerisches Ganovengesicht aufzusetzen. Oder zumindest das, was sie dafür hielt.

Tim richtete sich auf. Mit einer gönnerhaften Handbewegung machte er den Zugang zur Abstellkammer frei. »Okay, dann darfst du jetzt aufschließen.«

Die schmale Holztür öffnete sich. Nacheinander traten die Kinder in die Kammer und knieten sich vor einen mit Styropor verkleideten Kasten. »Gina, ich brauche die Checkliste!« Vorsichtig hob Tim den Deckel des Behälters an. Jegliche Grobheit war jetzt aus seiner Stimme verschwunden. »So, lies mir mal die Zahlen vor. Und hör endlich auf, hier so herumzuzappeln, das ist gefährlich!«

Angestrengt starrte die Kleine auf ein Meßgerät. Nannte eine Zahl, korrigierte sich jedoch im gleichen Atemzug. Als Erstkläßlerin, die gerade erst damit begonnen hat, sich mit dem kleinen Einmaleins anzufreunden, durfte man schließlich noch vor komplizierten, weil zweistelligen Zahlen ins Grübeln kommen. »Da steht erst eine drei und dann eine acht. Achtunddreißig?«

»Achtunddreißig Grad, sehr gut«, murmelte Tim und vermerkte etwas auf seiner Liste.

»Laß' mich mal gucken«, flüsterte Gina.

»Ja, aber mach' schnell, wir haben eine Menge zu tun!«

Ginas Kopf näherte sich dem spaltbreit geöffneten Behälter. Plötzlich entfuhr ihr ein Aufschrei. »Tim, du hast es kaputtgemacht, du bist ja so gemein!« Tränen der Wut und Enttäuschung stiegen ihr in die Augen.

»Was?« Ihr Bruder fuhr hoch. Er ließ seine Liste fallen und drängte Gina beiseite. »Wieso kaputt ...«

In diesem Augenblick sah er, was ihr solchen Kummer bereitete. Für einen kurzen Moment wirkte auch er ehrlich erschrocken, ja schockiert, doch dann zeigte sich unversehens ein Lächeln auf seinem Gesicht. Das Lächeln breitete sich aus und wuchs und zog sich schließlich von einem Ohr zum anderen; Freude, Triumph, alles war darin enthalten. »Gina, es ist nicht kaputt! Nun schau doch mal genau hin!«

»Bist du sicher?« Zögernd rutschte sie wieder näher an die Kiste heran. Mit dem Ärmel wischte sie sich über die Wangen.

»Klar. Die Frau vom Bauernhof hat doch gesagt, wenn wir gut darauf aufpassen, klappt es irgendwann in den nächsten Tagen! Du brauchst also nicht mehr zu weinen, es ist alles in Ordnung.«

Noch über eine halbe Stunde verbrachten sie in der Abstellkammer. Nebeneinander vor der Kiste kniend, wagten sie vor lauter Aufregung kaum, sich zu unterhalten, obgleich die Angelegenheit nur schrittweise und insgesamt viel langsamer voranging, als sie es sich vorgestellt hatten.

Irgendwann richtete Gina sich auf. Zwar glühten ihre

Wangen, aber sie glühten vom angestrengten Hingucken und Aufpassen, keineswegs vor Glück. Überdeutlich war ihrem Gesichtsausdruck zu entnehmen, daß sie noch nicht so genau wußte, wie sie die ganze Sache einzuordnen hatte. Mit gerunzelter Stirn wandte sie sich ihrem Bruder zu. »Ist es das, Tim, ist es das *wirklich?*«

»Ganz schön cool, nicht?«

»Aber ... aber irgendwie sieht Gustav doch ganz anders aus!« Sie deutete mit dem Finger auf den Styroporkasten. »Nie im Leben war der als Baby so häßlich! Und dieser komische nasse Kopf ist besonders häßlich, und überhaupt ...«

»Du dumme Pute!« schnaubte Tim verächtlich, »das hier ist auch keine Gans, sondern ein Huhn, und außerdem ist es noch nicht mal richtig geschlüpft! Glaubst du vielleicht, du sahst besser aus, als du geboren wurdest? Frag Mama nach dem Fotoalbum, du warst total schrumpelig!«

»Ach so«, sagte Gina still und rückte ein wenig von ihrem Bruder ab. Daß Bukowski gerade lauschend den Kopf gehoben hatte, bekam sie nicht mit. Auch Tim war ganz und gar auf die Geschehnisse in ihrem Brutapparat konzentriert. Nun, genaugenommen gab es zum jetzigen Zeitpunkt weniger Geschehnisse als Geräusche zu verzeichnen. Ein so zartes, leises Piepgeräusch allerdings hatte Tim in seinem ganzen Leben noch niemals vernommen.

»Hast du das gehört, Gina? Es piept, es ist gesund!«

»Ja, aber wieso hat es keine Federn?« jammerte Gina mit wachsender Verzweiflung. Noch immer überstieg der Anblick ihr geistiges Fassungsvermögen, allen brüderlichen Erläuterungen zum Trotz. Die Küken, die sie bislang kennengelernt hatte, waren süß, gelb und flauschig gewesen. Dieses hier hingegen war nackt und hatte einen viel zu großen Kopf.

»Natürlich hat es Federn, nur sieht man die noch nicht«, brummte Tim. »Weißt du denn nicht mehr, was die Bäuerin gesagt hat? Erst wenn die Eihülle getrocknet ist, wird es so aussehen wie ein richtiges Küken. Mann, das ist das schönste Geschenk, das ich je zu Weihnachten bekommen habe!«

»Ach so«, wiederholte Gina und versuchte, nicht daran zu denken, wie sie die Bauersfrau am vergangenen Vormittag angeschwindelt hatten. Nun ja, ein richtiger Schwindel war es eigentlich gar nicht gewesen, höchstens eine großzügige Auslegung der Wahrheit. Eine winzig kleine Korrektur sozusagen.

»Und eure Eltern sind auch bestimmt einverstanden?« Prüfend hatte Frau Borchert ihnen in die Augen gesehen. Einerseits wäre ihr nichts lieber gewesen, als Tim und Gina auf handfeste Weise über den Verlust ihres Gänserichs Gustav hinwegzutrösten, indem sie ihnen dieses Ei überließ. Andererseits hatte deren Vater sehr ordentlich für Gustavs Pensionsplatz bezahlt. So oder so wäre es also ausgesprochen ungünstig, es sich mit dem Mann zu verscherzen.

Unbedingt, hatten die Kinder unisono gerufen und mit geröteten Wangen, klar doch, Gustav habe doch nur wegen des Lärms das Feld räumen müssen!

Ein logischeres, überzeugenderes Argument war auch der Bauersfrau nicht eingefallen. Gemeinsam hatten sie dann den kleinen Styroporbrüter aus dem Gerätehaus geholt und einer Henne ein Ei aus dem Nest geklaut. Und so kam es, daß Tim und Gina am Heiligabend in einer halbdunklen Abstellkammer saßen und einem Hühnerküken dabei zusahen, wie es sich mühsam aus seiner Schale herausquälte.

Noch immer beanspruchte die Angelegenheit ihre volle Konzentration. Bukowski hatte sich längst in Tims Bett verzogen. Als im Treppenhaus eine Stufe knarrte, spitzte er kaum die Ohren. Familienmitglieder kläffte man nicht an, schon gar nicht den Chef. Außerdem fühlte er sich rettungslos überfressen.

»Guck mal«, jubelte Gina, »es bewegt sich, und es piept! O Tim, ich glaube, wir haben alles richtig gemacht!«

»Haben wir«, versicherte ihr Bruder stolz, »aber

kreisch nicht so laut, das fällt doch auf!« Er dachte schon daran, daß sie nun im Garten einen richtigen kleinen Stall bauen müßten.

Im Flur waren vorsichtige Schritte zu hören, gleich darauf drückte jemand vorsichtig von außen die Türklinke herunter und schob sich ganz leise ins Zimmer. Mit geschlossenen Augen wedelte Bukowski sehr zaghaft mit dem Schwanz. Hoffentlich kam Herrchen nicht auf den Gedanken, ihn aus dem Bett zu jagen. In seiner überfüllten Verfassung lag es sich auf der Matratze einfach besser als unten auf dem Boden.

Gina war plötzlich kaum noch zu bremsen. Die Gewißheit, daß dieses wenig niedliche, verklebte Etwas sich bald zu einem flauschigen Küken entwickeln würde, stimmte sie glücklich und löste eine gewisse Redseligkeit in ihr aus. »Du, Tim, kann ich es morgen früh mitnehmen in Mamas und Papas Bett?«

»Bist du denn wahnsinnig!« schimpfte er, »das hier ist ein Geheimnis, Mensch!«

An der Tür überlegte Bruno, ob er sich bemerkbar machen sollte. Was um alles in der Welt taten seine Kinder an Heiligabend in der Abstellkammer? Auf Zehenspitzen trat er näher. Er lauschte sehr interessiert. Zu dumm, daß Bukowski mittlerweile zu schnarchen begonnen hatte, so verstand er kaum, was seine Kinder sprachen.

»Bist du auch ganz sicher, daß ihm warm genug ist?«

»Ja, natürlich, aber hör' jetzt auf, mich zu nerven, Gina!«

Bruno stutzte. *Wem* sollte warm genug sein? Was ging hier vor?

»Du, Tim, ist das eigentlich ein Junge oder ein Mädchen?«

Ihr Bruder lachte auf. Sorgfältig faltete er seine Checkliste zusammen. »Keine Ahnung! Aber wenn's ein Junge ist, wird man es wohl irgendwann hören.«

Schweigend suchte Bruno Halt an der Türfüllung. Seine Stimmung konnte nur noch sehr bedingt als »weihnachtlich« bezeichnet werden.

»Dann wird daraus ein schöner bunter Gockelhahn, nicht?« vergewisserte Gina sich voller Tiefsinn. »Und jeden Morgen schreit er *kikeriki*, und wir kommen nie mehr zu spät in die Schule?«

Tim grinste. »Kann sein.«

»Papa wird sich freuen«, sagte Gina.

ENTE